하루를
더 살기로
했다

이수호
에세이

왜 이리 부끄러운지 모르겠다. 될 수 있으면 무릅써보려 했지만 여전히 나는 솔직하지 못하다. 내가 짓고 만든 복잡한 인연과 관계가 나를 더욱 힘들게 한다.

누구를 탓하고 원망하고 미워하긴 쉬운데 이해하고 받아들이고 사랑하기가 이렇게 힘든 것인가? 나이 먹을수록 더욱 절실하다. 마음만 답답하고 괴롭다. 그래서 슬프고 외롭다.

죽을 때까지 안고 가야 할 비밀이 있다는 것이 나를 더더욱 힘들게 한다. 그 비밀을 털어놓지 못하는 나의 한계가 안쓰럽기만 하다. 나는 마음이 좁고 기가 약해서 겁이 많다. 내가 이렇게 하면 상대가 저럴 것 같아 늘 불안하고 두렵다.

솔직히 인간에 대해서는 잘 모르겠다. 나 자신은 말할 것도 없고 다른 사람은 더더욱 그렇다. 모르면 겸손해야 하는데 아는 척 꾸미기가 급하다. 위선을 저지르며 철면피가 된다. 다른 사람은 속일 수 있을지 모르겠으나 나는 안다. 그래서 더욱 아프다.

일흔 즈음이 되면서 용기를 내보고 싶었다. 조금이라도 솔직하게 나를 돌아보고 싶었다. 나이 듦의 오만함보다는 지혜로움에 기대보고 싶었다. 그런 게 나에게도 있는지 찾아보고 싶었다.

한 줄 한 줄 쓰면서 많이 불편했다. 나이 핑계로 뻔뻔하려 애쓰기도 했다. 부끄러움을 드러내어 조롱당하며 적당히 용서받고 싶은 심정이기도 하다.

책으로 출판되어 공개된다니 또 불안하다. 누구에게 누를 끼칠 것 같아 그렇고 나에게 욕을 할 것 같아 더욱 그렇다. 그래도 용기를 내기로 했다. 일흔의 오기가 아니라 일흔의 책임으로. 무섭고 떨리지만 이빨을 앙다물고 주먹을 꼭 쥐어본다.

대부분 이미 다른 매체에 소개되거나 SNS에 공개된 글을 조금 고친 것들이어서 크게 낯설지는 않을 것이라 자위해본다. 많이 모자라는 글을 손보고 편집하기 위해 애쓴 출판사 젊은 벗들께 고마운 인사드린다.

2019년 4월
이수호

차례

내 인생의 부록

아침 산길을 걸으며

요즘 어딜 가든 드는 생각. 아니 느낌. 이 생각과 느낌은 그냥 생기는 것이 아니다. 근거가 분명한데, 바로 낱말, 특히 명사가 빨리 떠오르지 않는다는 것. 원래 사람 이름을 잘 기억하지 못하는 편이긴 하지만 요즘 와서는 아주 익숙해 머리에 뱅뱅 도는 낱말조차 입으로 튀어나오지 않는 것이다. 그러니 말을 하다 끊기기 일쑤다. 겨우 연결한다 하더라도 말 사이가 늘어나 늦어지니 듣는 사람 입장에선 답답할 수밖에 없다. 나름 경계하고 조심하는데도 왜 그리 말이 느리고 기냐고 짜증을 내는 것 같아 몹시 불안하고 한편으론 창피하다.

언제부턴가 슬금슬금 피어난 손등 점이나 검버섯은 그렇다 치더라도 젊은 날 감당할 수 없을 정도로 무성하던 머리칼은 다 어디로 갔는지. 앞머리가 집중적으로 빠지더니 훤한 운동장이 되고 번쩍번쩍 빛이 난다. 나이에 비해 머리칼이 빨리 희어져 아내의 도움으로 염색을 하며 겨우 눈속임을 해왔는데 머리 벗어지는 것은 감당이 안 된다. 가발은 쓰기도 뭣해서 옆

머리를 길게 길러 중앙을 가리는 수법으로 스스로 타협을 하고 있다. 아침에 머리를 빗을 때마다 조심스레 덮어보지만 바람 한번 지나가면 그만 흩어지고 만다. 다시 앞은 훤해져 번쩍거리고 오히려 긴 머리칼마저 어리저리 흩날려 볼썽사나워지는 것이다. 사실 다른 사람은 별 관심도 없는데 괜히 내 스스로 자존심이 구겨져 안절부절 못하는 형국이다.

물론 잘 알고 있다. 이게 다 나이 듦의 자연스러운 현상임을. 이를 받아들이고 내가 어떻게 행동하는 것이 좋은가를 생각해야 하는데, 괜히 남을 의식하고 자기를 오판하고 늙는 것이 삶의 실패인 것처럼 생각하는 것은 참 바보스러운 짓이다. 특히 부모님이 물려주신 유전적 요소에 대해 싫어하거나 원망하는 태도는 어리석은 것이다. 더 좋고 멋지게 낳아주셨다면 얼마나 좋았을까 할 수는 있지만 그것은 부모님의 의지나 내 선택의 범위를 벗어난 한 생명체의 생존 현상일 따름이다. 손 등의 검버섯이나 대머리도 그렇다. 돌이켜보면 지금 내 나이 무렵 돌아가신 아버지의 모습이 꼭 그랬던 것 같다.

해방이 되자 만주에서 식솔을 이끌고 귀국하신 아버지는 남의 땅이 되어버린 고향의 어느 곁방에서 나를 낳으셨다. 무자년 1948년이었다. 6·25전쟁이 터지고 이리저리 피난살이를 하며 대구 변두리에 터를 잡을 때까지 이 일 저 일 해보지 않은 일이 없으셨다. 자식들 키우며 먹고살기 위해서였다. 부지런하고 착했으나 가난은 면할 수 없었다. 내가 교사가 되어 결혼하고 서울서 자리 잡게 되었을 때, 아버지는 기뻐하시며 단칸방 이삿짐을 날라주셨다. 땀을 뻘뻘 흘리며 이삿짐을 나르시던 그때 아버지의 손등에 검버섯이 피어 있었다. 앞머리는 벗어지고 옆머리는 흩어져 날리고 있었다. 안쓰러웠다. 그리고 대구 집으로 내려가시고 얼마 되지 않아 뇌졸중으로 갑자기 돌아가셨다. 그때 내 나이 서른 즈음. 아버지는 지금의 내 나이쯤, 그러니까 일흔 즈음이셨다. 40여 년이 지난 지금의 내 모습이 그때 아버지의 모습이라니.

아버지가 일흔 즈음에 그렇게 돌아가시고 장례를 치르기 위해 가족과 일가친척 이웃들이 모였다. 지난날의 인연을 되새기며 많은 분들이 진심으로 슬퍼하며 안타까워하는 모습을 보면서 나도 우리 아버지만큼만 살았으면 했다. 아버지에 비하면 지금 내 삶은 덤이다. 아까울 것도 없지만 어찌 보면 그래서 더 소중한 것. 늙음을 그대로 인정하고 받아들여야겠다. 애써 늙지 않은 척하는 것도, 늙음을 무슨 벼슬처럼 생각하고 말이든 행동이든 함부로 하는 것도 다 문제다.

아! 가난하고 착하게 살다 가신 우리 아버지…. 덤으로 얹어진 내 남은 삶은 아버지처럼 가난하지만 따뜻하고 가벼웠으면 좋겠다.

너에게 쓴다

칠십여 년 먼 길 달려와
쓸쓸히 무르익은 가을 들녘
나의 계절 어디쯤에서
너에게 쓴다

꿈이라고 쓴다
너는 늘 아스라했고
안개처럼 포근했고
아침 거미줄에 달린 물방울처럼
빛나고 위태로웠다

사랑이라고 쓴다
심장이 결리는 아픔
기침 소리조차 눈부신
조바심으로 붉은 해를 멈추게 했던
더운 여름날의 배롱나무 꽃

남은 게 이것밖에 없어
눈물이라고 쓴다
이제 좀 있으면 바다가 보이는

어느 강 너른 하구에서
몸을 낮추고 낮추어
바닥의 자갈 모래도 보듬으며
다시 너에게로 돌아가는
잿빛 해오라비
물그림자

법정 노인이 되던 날

　돌아가신 아버지의 말씀대로라면 나는 무자년 4월 열엿새에 태어났다. 쥐띠였다. 양력으로 환산하면 1948년 5월 24일이다. 그런데 호적에는 1949년 4월 16일 출생으로 되어 있다. 그 당시에는 유아 사망률이 높아 최소 1년 이상은 키워보고 출생 신고를 했단다. 사실 나도 태어나면서 영양실조로 눈조차 제대로 못 뜨고 진물이 나는 것을 친척 할머니가 매일 새벽 정안수를 떠놓고 삼신할미에게 빌어 나았다 한다.

　자라면서 나는 나이 때문에 혼란을 많이 겪었다. 음력 나이가 있고 양력 나이가 있고, 본 나이가 있고 호적 나이가 있고, 집 나이가 있고 학교 나이가 있고, 음력 생일이 있고 양력 생일이 있는 등 상당히 복잡했다. 동무들과도 나이 때문에 시비가 많았는데 대부분의 학생들이 호적보다 실제 나이는 많다고 주장을 하며 나이 많은 걸 자랑 삼았다. 학교 다닐 때까지는 나이를 부풀리는 것이 좋았나보다.

　나는 초등학교 들어갈 때부터 키가 컸는데, 덕분에 한 살 많다는 것이 자연스럽게 받아들여졌다. 생일 아침에 미역국을 끓여주시던 엄마가 고마웠으나, 양력으론 매년 생일 날짜가 달라 양력을 주로 쓰던 우리는 혼란스러웠다. 군대 갔다 와서 직장 생활 할 때까지도 호적보다 한 살 많은 실제 나이를 좋아했고 늘 강조했다. 그러다 우리나라 법정 노인에 해당하는 65세가 돼서야 생각이 달라졌다. 왠지 나이 많은 게 싫어지는 것이었다. 그래서 호적대로 쓰기로 했다. 1949년 4월 16일을 공식 나이로 하고 다른 것은 잊어버리기로. 아니 구태여 기억하지 않기로 했다.

2014년 4월 16일은 내가 65세가 되는 날, 그러니까 대한민국에서 법적으로 노인이 되는 날이었다. 그날 나는 『한국일보』 편집실 어느 방에서 김대환 인하대 명예교수(전 노동부 장관)와 노동문제에 관한 대담을 하고 있었다. 김호기 연세대 교수가 사회를 봤다. 김대환 교수가 노동부 장관 시절 나는 민주노총 위원장이었는데, 그 인연으로 10년 만에 다시 불려나와 노동문제 현안에 대해 토론를 했던 것이다. 그 자리에서는 '기울어진 운동장' 현실이 쟁점이 됐다.

김대환 교수는 나와 고등학교 동기동창이기도 했다. 서로 좋아하고 아끼는 사이였다. 그는 고등학교 시절부터 성적이 출중해 늘 전체에서 최상위를 다투었다. 자연스럽게 서울대에 갔고 학생운동을 했고 ASP(반정부 학생운동 세력)로 군대에 끌려가 최전방에서 고생을 했다. 뒤에 영국 유학을 거쳐 교수가 됐는데 기대했던 대로 진보적 입장과 태도를 취하며 시민단체 활동 등에도 열심이어서 진보진영의 존경을 받았다. 나는 우여곡절 끝에 민주노총 위원장이 됐는데, 고등학교 동창이 노동부 장관이 됐으니 사회의 이목이 집중되고 언론의 입방아에 오르는 것은 당연한 일이었다.

그날 김대환 교수와 나는 상당한 견해 차이로 티격태격했다. 김호기 교수가 중간에서 고생이 많았다. 그러면서 제법 긴 시간이 흘렀는데 그 방에 켜놓은 TV 모니터로 세월호 사고 소식이 전해졌다. 사고 걱정으로 대담 분위기는 일순 썰렁해졌는데 얼마 뒤 전원 구조 후신을 보며 크게 한숨을 쉬었다.

그렇게 대담 프로그램을 끝내고 시청 광장으로 가서 사진을 찍었다. 언제부턴가 김대환 교수와는 별로 친하지 않은 사이가 됐지만 연출대로 마주 보며 활짝 웃는 모양을 냈다. 결국 두 노인이었다. 쓸쓸했다.

나는 65세 법정 노인이 되는 생일을 그렇게 보내고 있었다. 그 시각 세월호에서는 단원고 학생을 포함한 3백 명 이상의 승객이 구조를 기다리며 바닷물 속으로 잠겨갔다. 2014년 4월 16일은 또 한 번 내 인생의 새로운 날이 되었다.

성미산 둘레길

나는 늦복이 많아 성미산 자락에 산다. 누구는 나보다 더 복이 많아 지리산 어느 골짜기나 제주도 중산간 이름 모를 오름 아래 터를 잡았다지만 어쩔 수 없이 서울을 못 떠나는 내겐 이만한 곳도 분에 넘친다. 넓은 창문을 열면 기다렸다는 듯 밀려드는 풍경들, 꽃이 환하게 필 때는 맑은 향기도 따라 들어오고 녹음이 매미 소리처럼 따가울 때는 그늘도 푸르고 단풍이 꽃보다 더 고울 땐 새소리도 깊어진다. 아, 눈이 펄펄 날릴 때도 있어 그런 날은 산도 집도 하늘도 하얗게 어디로 날아가는 것 같은데….

불현듯 문을 나서 둘레길로 들어서면 거기 사철 솟아나는 약수터 맑은 생수가 피곤한 목을 적시기에 더없이 좋다. 해발이랄 것도 없는 나지막한 산이지만 그래도 오르락내리락 등성이도 지나고 골짜기도 건너며 낡은 오리나무숲도 지나고 새로 심은 벚꽃 길도 걸으며 산의 서쪽 꼬리 부근에 다다르면 아담한 무덤 하나가 단정히 앉아 있다. 무덤가에 파릇파릇 새움 돋을 땐 더 그렇지만 그 옆을 지날 땐 언제나 떠오르는 엄마 아빠 얼굴. 영덕군 병곡면 동해 바다 내려다보이는 칠보산 자락에 말없이 누워 계신 그 모습이 떠오른다.

아스라이 떠오르는 것만으로도 따뜻해지는 가슴 안고 모퉁이 돌면 거기 자그만 절집 아담한 대웅전 현관이 내려다보이고 나도 모르게 "모든 중생에게 붓다의 자비를…" 중얼거리며 정성으로 두 손 모으고 세 번 허리 접는다. 남쪽 허리를 돌아 등뼈를 타고 동쪽 산마루에 이르면 나뭇가지 사이 중천에 바라보이는 녹슨 십자가 하나. "모든 백성에게 예수의 사랑을…" 하며 살짝 마음눈 감으며 기도한다.

이때쯤이면 저 건너 마포나루는 빌딩숲에 가려 있고 그 시절 당인리 화력발전소 한가로이 흰 연기를 날리고 있다. 성미산 둘레길을 가볍게 걸으면 사십 분. 아침 산책으론 딱 좋은데, 혼자 허위허위 걸으며 "내가 이렇게 행복해도 되나?" 되묻곤 한다.

5월도 가기 전에 여름이 왔다. 미세먼지가 언제나 하늘을 덮고 있지만 태양열은 막을 수 없었나 보다. 그래도 성미산 5월의 흰 꽃들은 꽃송이만큼 복스럽게 향기를 흔들고 있었고 산비둘기 한 마리 외롭게 저쪽 나뭇가지로 날아가고 있었다.

오늘도 그분을 만난 곳은 약수터 그 어름이었고 그분 손에는 어김없이 빗자루가 들려 있었다. 내 나이에 다섯쯤은 더 돼 보이는, 조금은 왜소한, 모자를 눌러쓰고 허름한 점퍼를 입은 평범한 노인네였다. 사람의 왕래가 많은 약수터 주변은 지저분하기가 일쑤인데 이곳 성미산 약수터는 늘 빗질 자욱이 곱게 보일 정도로 깨끗하게 관리되고 있어 참 묘하다 싶었다. 그런데 누구에게 들으니 바로 그분이 거의 5~6년째 매일 정성스럽게 쓸어서 그리 된 것이라 한다.

　　남이 볼세라 주로 아침 일찍 나와 쓸곤 하는데 누구는 모두 알 만한 큰 회사 사장 출신이라고 하고 또 누구는 어느 고등학교 은퇴 교장이라고도 한다. 누가 조심스레 물으면 빙그레 웃기만 한다는 것이다. 청소하는 데 그딴 게 왜 문제냐며, 매일매일 청소를 하다보니 청소의 묘미를 알게 되어 기분이 좋다며, 건강도 한결 좋아졌다며 조금 수줍은 듯 돌아서는 그 뒷모습이 너무도 아름답고 크게 보였다. 나도 이 나이에 무엇을 하든, 저런 뒷모습이라면 얼마나 좋을까 생각해본다.

내가 내게 묻다

겨울 하늘을 쳐다보다가
멀쩡하던 다리가 갑자기 아프다
몸이 버티지 못하고
균형을 잃고 있다
무얼 과하게 했나
무얼 하지 않았나
내가 내게 위험 신호를 보내고 있다
무얼 하지 말라는 것일까
무얼 더 하라는 것일까
신호를 보내는 나는 누구이고
신호를 받는 나는 누구인가
내 몸이 내 몸에게 보내는 신호를
내가 요해하지 못하고
내가 너무 아프다
그래서 나는 또 나에게 묻는다
나는 도대체 누구인가
일흔 되도록 물어온 그 물음을
오늘 또다시 묻는다
아프니까 묻는다
하늘이 눈을 품는다

어떻게 살 것인가

나도 4, 50 한때 그렇게 생각했다. 내가 술이 거나할 때 옆에 같이 있었던 분들은 듣기도 했으리라. 요약하면 이렇다. "나는 꼰대는 되지 않을 것이다. 나이 들면서 고집 부리거나 독차지하지 않을 것이다. 다음 세대를 위해 과감히 내 의자를 내주리라. 중언부언하지 않고 눈치 없이 미적대거나 집적거리지 않으리라. 가급적 입은 닫고 지갑은 자주 열리라. 60이면 모든 걸 내려놓고 뒤로 물러서며, 70이면 눈을 감아도 여한이 없으리라. 뭐 그렇게 살도록 하리라" 등등. 공자도 '인생 칠십 고래희(人生 七十 古來稀)'라 했으니 근거 없는 주장도 아니거니와 당시 일흔 가까운 노인들을 보면 저절로 그런 생각이 들기도 했다.

그런데 막상 내가 일흔이 되고 보니 아닌 것 같아 당혹스럽다. 내 젊은 시절에는 일흔 즈음에 돌아가셔도 조금 아쉽지만 자연스럽게 받아들였는데 지금은 대체로 아흔 무렵 돌아가셔도 안타까워하는 분위기다. 내 일이 되고 보니 그렇게 보이는지도 모르겠다. 문제는 건강도 그렇지만 죽음을 본인 마음대로 못하는 데 있는 것 같다.

어쩌다 나는 전태일재단을 맡게 됐는데 임기 3년을 잘 채우면 일흔에는 자유로워질 수 있다는 생각, 마지막 봉사라는 생각으로 일을 시작했다. 몸과 마음이 좀 무리다 싶은 때도 있었지만 다른 분들에게 크게 걱정 끼치지 않고 잘 버텼다. 나 자신이 기특하고 고맙기도 했다.

문제는 다른 곳에 있었다. 그동안 수행한 여러 가지 일을 통해 일머리와 일의 처리에 대한 능력이 풍부해져서 자신감이 생기는 것이었다. '근자감'. 다른 사람이 볼 때는 별로 근거도 없는 자신감인데 나는 확신을 가지니 결국 고집이나 독단으로 보일 수밖에 없다. 이게 행동으로 표현되면 꼰대질이요, 나는 나도 모르게 꼰대가 된 것이다.

요즘 나는 주 5일 근무를 철저히 하고 있다. 아침이면 어김없이 집을 나선다. 재단 사무실로 출근하거나 행사장으로 바로 가기도 한다. 꼭 참석해야 할 모임이나 회의, 행사 등이 주로 밤에 있어 늦을 수밖에 없다. 뒤풀이나 2차에 참석하지 않는 원칙을 세워 부담을 줄이고 있다. 주말은 가급적 쉬는 것으로 계획했으나 토요일 오후에는 행사나 모임 때문에 거의 나가게 된다. 운동가와 직장인의 삶을 겸하다보니 불가피하다. 전력이 화려한(?) 나는 훨씬 부담이 많다. 그래서 어디는 가고 어디는 가지 않을지를 결정하는 것도 쉬운 일이 아니다. 모임의 성격이 판단 근거이긴 하지만 주최 측의 요청과 태도도 중요한 요소가 될 수밖에 없다.

결국 하루를 살기로 했다. 지난날에 매이지도 않고 미래에 대한 과도한 기대도 버리기로 했다. 오늘 하루 살아 있음을 귀하게 생각하고 활동할 수 있는 건강이 허락된 것을 소중히 여기며 하루하루 최선을 다하는 길밖에 없다고 판단했다.

다만 욕심과 미련은 버리기로 했다. 일흔에 알맞은 역할과 태도를 가지기로 했다. 모임이나 행사에서는 될 수 있는 대로 뒷자리에 서고 구색에 맞는 필요한 들러리 역할이라도 필요하면 얼른 하기로 했다. 혹시 이름 세 자가 힘이 된다면 기꺼이 함께하고 병풍이 돼서 분위기를 잡아주거나 바람막이로 든든한 보호자 역할을 자처하기로 했다.

젊은이들 지혜 모으고 결단해서 하는 일 잔소리하거나 토 달지 않고 혹시 미흡해 보여도 흔쾌히 손뼉 치고 칭찬하고 격려하는 그런 일이 내 몫이라 여겨진다. 내가 천성이 쪼잔하고 버릇이 안 돼 지갑 열 때 눈치 보며 잔대가리 굴리는 습관이 있는데, 어떻게든 고쳐서 마치고 나설 때 지갑 여는 척하지 않고 중간에 슬쩍 나와 내 능력만큼 밥값이든 술값이든 먼저 내기로 다짐한다.

꼰대

회의에 참석하거나 모임에 가면 대체로 내가 나이가 많은 축에 속한다. 얘기를 듣다보면 분명하게 들리지 않는 때가 많다. 귀를 쫑긋해보지만 환하게 들리지 않으니 괜히 신경질이 난다. 다른 사람들이 내가 듣지 못하게 모두 같이 소리를 낮춰 소곤거리는 건 아닐 텐데 그래도 부아가 슬금슬금 끓어오르고 나도 모르게 목소리는 커진다.

"어이 거 말소리 좀 크게 합시다. 속에서 우물거리지 말고…."

한순간 분위기가 어색해지면서 다들 황당해하는데.

"요즘 젊은이들 너무 패기가 없어요. 세상이 너무 한가해진 것 같아."

쳇소리 섞인 잔소리가 몰려 나가는데 누가 좋아하겠는가. 들리지 않으니 목소리만 커지고 말은 자주 끊기고 맥락은 길을 잃고 짜증만 물안개처럼 피어오른다. 아무리 봐도 내 탓인데 오히려 내가 화를 내고 있다. 앗-차 했을 땐 이미 분위기가 엉

망인데 꼬리를 감추려 오히려 어깨를 세우며 은근히 나이를 내세운다. 자기의 경험을 일반화해 나이가 어리거나 지위가 낮은 사람에게 낡은 사고방식을 강요하거나 시대착오적 설교를 늘어놓는 행위를 '꼰대질'이라 한다는데 요즘 내 하는 짓이 꼭 그렇다. 경험과 연륜 탓인지 웬만한 얘기는 잘 들리지 않고 성에 차지도 않는다. 그러니 내 얘기만 자꾸 할 수밖에.

'꼰대'는 본래 아버지나 교사 등 나이 많은 남자를 가리켜 학생이나 청소년들이 쓰던 은어였는데 근래에는 자기의 구태의연한 사고방식을 타인에게 강요하는 직장 상사나 나이 많은 사람을 가리키는 말로까지 발전했다. 불행스럽게도 나는 그런 꼰대의 조건을 골고루 갖추고 있다. 교사 출신의 나이 많은 남자이니 기본 요건이 충분한데다가 오늘처럼 모임에서 꼰대질까지 하고 있는 선배니 빠져나갈 구멍이 없다. 그래도 같이 참석했던 내 또래 다른 꼰대가 나를 위로한다.

"그래도 자넨 귀만 살짝 맛이 가서 그렇지 나는 눈도 침침해져서 이미 백내장 수술까지 했어. 그래서 대충 들리는 척, 그냥 보이는 척하고 사는 거야. 근데 자넨 아직 눈은 멀쩡하잖아?"

나는 피어오르는 슬픔을 애써 감추며 속으로 중얼거렸다.

'이 친구야. 나도 눈에다 기억까지 침침해져서 오랜만에 만나는 사람 잘 알아보지도 못한다네. 그러면서 반가운 척 아는 척 머리를 주억거리지.'

이런 와중에도 나 혼자 다 아는 것 같고 내 판단이 언제나 다 옳게만 생각되니 이 일을 어이하면 좋을꼬?

어떤 주책

이 더위에
참 좋은 일이다
푹푹 찌는 거리에서
마주치는 사람 얼굴
쳐다보기도 괴로운 일인데
웬일로 언제부터인가
젊은 사람 얼굴이 예뻐 보여
길거리 걸을 만하다 하는데
건강한 몸매 드러나는 패션의
팔팔한 청소년들 보면
가슴마저 두근두근 박동을 하는데
내 속에 깊이 감추어져 있던
그 시절 소년이 다시 살아나는 기분이라
때론 정복 정모에 호루라기까지 물고
달구어진 아스팔트 한복판에서
팔을 해해 젖고 있는 앳된 얼굴 의경까지도
싱싱하고 고와 보이기도 하는데
세월호 집회 때도 젊은이들 앞장서더니
강남역 구의역 말없이 찾아가 생각을 벽에 붙이고
이화여대 본관 차지하고 꼼짝 않는 청소년들

아, 어느 때부터인가 나도 다시
소년으로 돌아가고 싶은가
그 이름도 아름다운
노소년

나는 왜 잘 삐칠까

나는 참 쪼잔하게 살고 있다. 나이 들며 좀 넉넉해지고 부드러워질 만도 한데 하는 일마다 답답하고 신경질적이다.

밥 먹을 때 반찬 집으며 위에서부터 덥석 집지 못하고 꼭 밑에 있는 것 골라 먹느라 이리저리 뒤집어놓고 양말 벗어 빨래 바구니에 넣으면 될 걸 아무데나 여기저기 던져놓는다. 신문 읽었으면 한 곳에다 가지런히 모으면 좀 좋아서 책상이고 소파고 방바닥이고 읽던 자리에 그대로 팽개치며 집이 복잡하다느니 지저분하다느니 잔소리까지 한다. 밤늦게까지 잠 오는 눈 거불거리며 소파에 기대거나 모로 누워 TV 보다가 자기도 모르게 잠시 깜박할 수도 있는 거지 "그렇게 TV 켜놓고 졸지 말고 편안히 누워서 주무세요" 식구 누가 어렵게 지적하면 내가 언제 그랬냐고 짜증부터 낸다.

세탁기 옆에는 가지도 않으면서 "그까짓 것 누구는 못해. 집어넣고 돌리면 되는데" 하며 속옷이고 뭐고 한번 입으면 아무데나 벗어던지고 언제는 걸레질하고 빗자루 들고 쓸었던 사람처럼 "청소기 좋아서 요즘 여자들 참 편하네" 한다. 그것도 큰소리로 못하고 비겁하게 속으로 중얼거린다. 나이 들면 잘 삐친다는 말 뭐 그럴까 웃으며 넘겼는데 그게 사실인 것 같아 스스로 한심스럽다.

며칠 전 그 모임에서도 그랬다. 어쩌다 내가 나이가 제일 많았던가? 모인 친구들이 과도하게 어른 취급하는 게 은근히 못마땅하고 배알이 뒤틀리는데 그 중 몇은 나를 아예 괄호 밖으로 밀어내버리고 투명인간 취급하는 것 같아 영 참기가 어려웠다. 그래도 못 들은 척하며 우아하게 미소 흘리며 점잖게 말없이 막걸리나 마셔야 했는데 그걸 못 참고 끼어들었다가 결국은 눈총을 받으며 슬그머니 빠졌다. 거기서 끝났다면 얼마나 좋았을까?

자기들끼리 힘든 토론 끝에 거의 합의가 된 듯한 어떤 결론에 느린 말투로 "아니, 그게 아니고…" 하며 나섰으니 내용도 내용이지만 그 분위기가 어땠겠는가? 왜 나이 들면 꼭 마지막에 한마디 거들어서 결론은 자기가 내야 된다고 생각할까? 그래놓고 그게 잘 안 되면 '요즘 후배들 싸가지'까지 들먹이며 흥분할까? 혼자 섭섭해하고 속 끓이고 "다음에 오나 봐라" 헛다짐하고 그래놓고 또 안 불러주면 "선배도 몰라본다" 욕한다. 그래서 꼰대 소리를 듣는 모양이다.

"선배님 매사에 참 너그러우시네요. 그냥 그대로 그 자리에 계신 것만으로도 힘이 되고 지켜봐주시는 것만으로도 위로가 됩니다."

나도 뭐 이런 인사 정도는 듣고 싶은데…. 내 하는 짓은 영

엉뚱하니 아직도 나이를 더 먹어야 철이 들까? 혼자 피식 웃어
본다.

솔직하지 못한 나

나이 들수록 마음은 젊어지고 행동은 어린애와 같아진다고 한다. 정말 그렇게 됐으면 좋겠다. 그런데 내 또래 늙은이들을 보면 말은 그렇게 하면서 실제로는 그렇지 않은 사람이 많다. "몸은 늙었지만 마음은 아직 한창 때다", "나이는 숫자에 불과하다" 등을 입에 달고 살면서 무슨 일에든지 양보 없이 잘 나선다거나 자기주장을 강하게 한다거나 건강이나 생리현상 등에 과도하게 젊은 체하는데 어찌 보면 오기나 치기처럼 여겨진다. 젊은이가 젊은이다운 패기나 경쾌함 등이 특성이고 장점이라면 늙은이는 늙은이다운 진중함과 여유가 장점일 텐데 오히려 늙은이의 단점으로 받아들이는 것이 안타깝다.

나이 들면서 생기는 진중함이 노회함으로 나타나는 것은 경계해야 한다. 노회함이란 기본적으로 늙음을 내세워 자신과 남을 속이려는 속성이 있다. 늙음의 잘못된 발현이다. 평소 점잖은 척하거나 위선적인 사람이 늙으면 노회해지는 것 같다. 내가 대표적인 사람이다.

나는 착하고 점잖다는 소리를 많이 들었다. 별로 나쁘지 않은 것 같아 그렇게 행동하려고 애쓰며 나를 관리한다. 나는 실수를 두려워하고 비판의 대상이 되거나 비난받는 것도 아주 싫어한다. 실수를 하지 않거나 비판을 받지 않기 위해 아예 말을 잘 하지 않는다. 말을 많이 해서 혹 실수하는 것보다 말하지 않아 답답하다는 말을 감수한다. 속으로 교활하게 점잖은 척하면서 말이다. 나는 그런 잔머리를 굴리며 사는 내가 싫고 미우면서도 고치지 못하고 있다. 아니 고치지 않고 있다. 이 나이가 되도록 자기를 속이며 살고 있다.

좀 더 솔직해지고 싶다. 잔머리 많이 굴리지 말고 좀 단순해졌으면 좋겠다. 하고 싶은 말은 하며 실수도 좀 하고 비판도 두려워하지 않았으면 좋겠다. 근거 없이 혹은 오해로 나를 비난하고 욕하는 사람을 그러려니 하지 않고 어떻게든 붙들고 적극적으로 논쟁을 벌이더라도 해결을 하고 갔으면 좋겠다. 난 아무 잘못도 없으니 아무렇지도 않다는 식의 오만도 버려야겠다.

나의 이런 태도는 그동안 살면서 너무 못된 짓을 많이 해서 그렇다. 혼자일 때 눈치를 보며 쓰레기를 슬쩍 버리는 식이다. 공중도덕은 말할 것도 없고 교통신호 등도 안 지키는 경우가 많았다. 요즘도 가끔씩 그렇게 살고 있다. 나는 다른 사람의 눈을 의식하며 살았지 자신의 양심의 소리는 자주 외면했던 것 같다. 사람을 대하는 것도 이와 같아서 이해관계에 따라 내게 유리하게 판단하고 대했던 것 같다. 그 사람의 직책이나 지위가 만남의 상당한 기준이 됐던 것도 사실이다. 속으론 비판하고 싫어하면서도 겉으론 아닌 척 웃으며 만났다. 나는 언제나 위선의 탈을 쓰고 있었다. 때론 그보다 더 나쁜 위악도 저지르면서. 이젠 정말 그러지 말아야겠다. 나이 듦의 특성을 잘 이해하고 그 장점을 살려 등짐처럼 잔뜩 지고 있는 권위주의나 오만, 고집 등은 버리고 가볍고 여유롭고 너그러워져야겠다.

문제는 과거에 나도 모르게 저지른 사소한 잘못이나 잘 알면서도 아닌 척하며 저지른 씻을 수 없는 과오에 대해 지금 내가 어떻게 하느냐는 것이다. 당연히 그 당사자에게 어떤 방식으로든지 용서를 빌고 화해를 통해 사함을 받는 것이 원칙이다. 용서를 받지 못하면 응분의 책임을 져야 마땅하다. 그런데 그렇게 하지 못하고 있다. 그냥 뭉개고 사는 것이다. 내 삶의 중요한 굽이굽이에 얽힌 그런 것들이 이 나이가 되면서 되살아나는 것은 이제는 어떻게든 정리해야 할 때가 아닌가 싶어서다. 해결해야 할 일이 있으면 될 수 있는 한 빨리 하고 우물쭈물 늦추며 미뤄온 일이라면 그 생각이 날 때 바로 풀어버려야 하는데 그렇게 못하는 것이 현실이다.

솔직히 아직도 준비가 덜된 것이다. 기회도 점점 줄어드는데 이런저런 핑계를 만들며 용기를 내지 못하고 있다. 나는 비겁하다. 아직도 멀었다. 그래서 또 부끄럽다.

나의 글쓰기

이번에도 어쩌다 또 책을 낸다고 전에 쓴 글들을 다시 읽어보고 고치고 빼고 보태본다. 그렇지만 썩 마음에 들지 않는 건 어쩔 수 없다. 이런저런 매체에 연재도 하고 또 주제에 따라 청탁을 받아 쓰기도 하는데 마감에 쫓겨 보낼 때도 늘 미흡하지만 뒤에 읽어보면 더 한심한 생각이 들어 얼굴이 화끈거릴 때가 한두 번이 아니었다. 또 다른 사람으로부터 인사로 "글이 참 좋았다"는 등의 얘기를 들으면 속으론 민망하면서도 겉으론 정말 그런가 하며 으스대기도 했다.

글쓰기는 정말 하면 할수록 어려운 것 같다. 더욱이 나이가 이쯤 되니 나도 모르게 버릇처럼 튀어나오는 것이 있다. 첫째는 은근히 자기 자랑을 하는 것. 살아온 시간이 길어서 경험이 좀 많다고 오판하거나 실수한 것 등 좋지 않은 것은 아예 쓰지 않고 은근히 잘한 것만 쓰는 것이다. 스스로는 있었던 일만 쓴 것이라 하는데 사실은 있었던 일 중에서 취사 선택할 때 이미 자랑질이 시작된 것이다. 둘째는 항상 상대를 가르치려는 태도다. 특히 나 같은 교사 출신은 그것이 심한 것 같다. 아니라 하면서도 나도 모르게 과도하게 설명하고 확인하고 강조하고 하면서 상대가 스스로 이해하고 판단할 기회를 막아버린다. 셋째는 과도한 비판이다. 적절한 비판은 꼭 필요한 것이지만 나도 모르게 형성된 이분법적 사고의 흑백논리가 작용하고 있다. 특히 나처럼 운동가로 살아온 사람은 관계를 분명히하고 투쟁으로 돌파해야 했기 때문에 더 그랬던 것 같다. 넷째는 이미 단정하거나 결론을 내고 억지로 먹이듯이 글을 쓴다는 것이다. 읽는 사람 스스로의 깊은 생각과 결론을 찾기 위한 선한 노력을 봉쇄해버리는 것이다. 이런 태도는 대화에서도 나타나는데 나이가 들수록 심해지는 것 같아 안타깝다.

사실 이번 책만 해도 그렇다. 일흔을 앞두고 언제부터인가 페이스북에 '일흔 즈음'이라는 제목으로 시를 올리기 시작했는데 친구들의 반응도 괜찮아 보이고 해서 상당히 의도적으로 글을 올리곤 했다. 일흔을 맞으며 사소한 일상 속에서 경험하는 일들을 솔직하게 쓰고 어떤 관점을 가질 것인가를 고민했다. 깊은 성찰이 먼저였고 어떻게 반성하고 사죄할 것인가를 생각했다. 다음은 현실을 제대로 이해하고 받아들여 내 것으로 만드는 것이었다. 그리고 그것을 발판으로 어떻게 새롭게 출발할 것인가에 집중했다.

그런데 나는 페이스북 '좋아요'를 눌러주고 댓글을 달아주는 친구들의 반응을 보면서 스스로 고무되어 자만에 빠져들기 시작했다. 은근히 과장하기 시작했고 친구들의 입맛에 맞추기 시작했다. 연재가 끝나면 모아서 책으로 내보면 좋겠다는 댓글을 칭찬으로 알고 깊은 성찰과 이해보다는 재미있고 화려한 표현에 더 신경을 썼다. 시건방이 늘기 시작한 것이다.

어느 날 한 출판사에서 책으로 내보자는 제안이 들어왔다. 그러면 그렇지 하고 속으로 쾌재를 불렀다. 그러나 겉으로는 아닌 척하며 주저하거나 신중해하는 위선을 연출하기도 했다. 정식으로 출판 계약을 맺고 첫 원고를 보내며 한편으로 후회가 물밀 듯 했으나 뻔뻔함으로 밀고 나갈 수밖에 없었다. 계약을 취소할 수도 있었으나 솔직히 그러기 싫었다. 내 속에 꿈틀거리고 있는 욕망이 기지개를 펴기 시작한 것이다. 책을 출판하고 그 책을 통해 은근히 나를 자랑하고 그러면서 많은 사람의 인정을 받고 싶은 과시 욕구를 나는 제어하지 않았다. 비겁했다.

어설픈 시 형식의 글을 원문 그대로 모아서 보냈는데 1차 수정 보완 의견이 왔다. 시로서는 완성도가 낮고 전달하려는 내용도 불명확하니 산문 형태로 고쳐보면 어떻겠느냐는 의견과 함께 내용도 부족해서 더 보충하고 여러 편을 새로 썼으면 좋겠다는 것이었다. 표현은 부드럽고 완곡했으나 내용은 단호하고 확실했다. 자존심이 살짝 상했다. 그동안 이런저런 일로 몇 권의 책을 내보았지만 이런 요구는 처음이었다. 그냥 보내준 원고를 적당히 편집해 출판했고 이번에도 당연히 그렇게 되리라 여겼다. 이 나이에 원고를 새로 쓰다시피 고쳐가며 책을 낸다 생각하니 막막하기도 했다. 시집을 생각했는데 산문집으로 내게 됐으니 얼떨떨할 수밖에 없었다.

젊은 출판인들은 달랐다. 책은 저자의 의도가 가장 잘 전달돼야 하고 우선 독자와 잘 만나야 한다는 것이다. 책을 편집하고 출판하는 일도 아주 전문 분야이므로 존중하지 않으면 실패할 확률만 높아진다는 데는 어쩔 수가 없었다. 아니 그 전에 세상의 변화를 인정하고 낡은 생각은 버려야 한다는 판단을 가지고 있었기에 속은 좀 상했지만 기꺼이 따르기로 했다.

가능한 한 편집 의도에 따라 글을 고치고 또 새로 쓴 글들을 모아 출판사로 보낸다. 뭐가 더 필요하다면 그 역시 따르기로 한다. 그러면서 어떤 책이 나올까 그려본다. 이런 과정 또한 결과 만큼 가치 있다는 것을 겸손히 인정해야겠다.

삶의 몸부림

그동안 나는 세 권의 시집을 냈다. 그래서 많은 분들이 나를 시인이라 부르기도 한다. 몹시 부끄럽고 한편으론 자랑스럽다. 다만, 나 같은 놈이 어쭙잖은 짧은 글을 쓰고 그걸 시라고 발표하고 시집까지 엮어내어 혹시 시를 어지럽히거나 시인의 명예를 떨어뜨리지는 않았나 걱정이다.

첫 번째 시집은 『나의 배후는 너다』이다. 전교조와 민주노총 활동 시절 농성장 등에서 간간이 썼던 시들을 엮었다. 당시 『한겨레신문』 사장 고광헌의 소개로 원고가 모멘토출판사로 넘어갔는데 박경애 대표가 나와의 관계를 생각해 전교조 출신 시인 도종환 선생에게 해설을 부탁했던 것 같다(내가 미리 알았더라면 창피해서 말렸을 텐데).

"(전략) 그의 시 원고 뭉치를 건네받았을 때 사실 나는 읽고 싶은 마음이 없었다. 지금까지 그가 교육운동, 노동운동을 하며 얼마나 바쁘게 살아왔는지를 알고 있는 나로서는 그가 언제 시를 쓸 시간이 있었으며, 그의 삶에 시가 차지하는 비중이 얼마나 되겠는가 싶었다. 떠밀리다시피 단시 몇 편을 훑어보고 나서도 편견은 별로 달라지지 않았다. 어딘가 시적 완성도가 떨어지고 무슨 말인가를 하려다 만 듯도 싶고 단상에 머무는 것 같았다. 원고를 밀쳐두고 있다가 그래도 해설이라도 몇 줄 쓰려면 아주 안 읽어 볼 수는 없어서 며칠 뒤 시들을 뒤적였다. 한 편 한 편 읽어가면서 괜찮다 싶은 시들을 따로 분류하던 나는 좋은 시들이 점점 쌓여가는 걸 보고는 자세를 고쳐 앉았다. (후략)"

　　시도 아닌 것들을 가지고 시집을 내겠다고 마음먹고 친구들을 괴롭힌 자신이 한심하고 부끄러울 뿐이다. 어떻든 시집은 나왔고 출판기념회를 크게 하자는 의견이 있었다. 노동운동을 같이 하던 동지들의 배려였는데 마치 나는 내 시가 괜찮은 걸로 착각하고 그렇게 하기로 했다. 그때 나는 선린인터넷고등학교에 복직해서 근무할 때였는데 그 학교 체육관을 빌려 행사를 했다. 함께 준비한 친구들이 얼마나 애를 썼는지 천 명이 넘게 참석했다. 울진 제자들이 보내준 막회를 안주 삼아 막걸리잔치까지 곁들였는데 분위기는 좋았다. 그날 들어온 수입금 천만 원을 신일 제자 류흥주가 운영하던 뇌병변장애인인권협회라는 중증 장애인 단체에 기부했기 망정이지 두고두고 창피할 뻔했다. 지금도 그 시집을 보면 얼굴이 화끈거린다.

　　두 번째 시집은 『사람이 사랑이다』이다. 2009년 용산참사와 쌍용자동차 투쟁 현장에서 한 해를 보내며 〈참세상〉이란 인터넷신문에 연재한 시들을 모은 시집이다. 치열하고 아픈 투쟁 현장에서 하루하루 쓴 시들이어서 나로서는 투쟁하는 분들이

나 함께하는 분들께 용기와 위로로 도움이 됐으면 했는데 역량이 부족해서인지 많이 모자랐던 것 같다. 망루가 불타던 그 시간부터 용산 현장을 지키며 싸운 송경동 시인에게 해설을 부탁했다. 왠지 그러고 싶었다. 어려워했지만 시간을 쪼개 정성스럽게 써주었다. 나보다 젊지만 그는 삶에서 내가 늘 배우는 투쟁의 스승이다. '이수호를 읽으며 체 게바라를 떠올리는 기쁨'이란 거창한, 분에 넘치는 제목의 해설 일부분을 옮긴다.

"그러나 우리는 지금 이수호가 그런 것처럼 싸우는 과정에서도 아름답기를 놓치지 말아야 한다. 넉넉하고 풍요롭기를 주저하지 말아야 한다. 딱딱한 권위에 빠져 춤을 추고 노래하기를 멈추지 말아야 한다. '아름다움과 혁명은/ 서로/ 대립되는 것이 아니다/ 얼마든지./ 아름답게./ 만들 수 있는 것을/ 아무렇게나 만드는 것은/ 결코./ 바람직한 일이 아니다/ 아름다움과 혁명은/ 먼 데 있는 것이 아니라/ 바로/ 나의 손끝에 있는 것이다'(체 게바라 「나의 손끝」 중에서)".

세 번째 시집은 『겨울나기』이다. 나는 우연한 기회에 『풍경소리』라는 월간지를 받아 보게 됐는데 참 재미있는 책이었다. 기독교가 중심이었지만 교파는 말할 것도 없고 종교 사이의 경계도 넘나드는 자유분방한 내용이 담겨 있었다. 원하면 누구나 참여할 수 있는 열린 지면이 많았다. 나는 언제부턴가 여기에 매달 시 몇 편씩을 보내 싣게 되었다. 그러던 어느 날 『풍경소리』의 김민해 목사에게서 연락이 왔다. 지면에 실은 내 시로 따로 시집을 내자는 제안이었다. 국문과 출신이기는 하지만 제대로 시 공부도 못했고 등단 절차도 밟지 않아 엉터리인데도 누가 곁에서 부추기면 마지못해 하는 척하며 무책임하게 일을 저지르는 나의 나쁜 버릇이 또 한 번 작동했다. 결국 도서출판 삼인에서 출판을 맡았다. 이번엔 김민웅 교수가 해설을 써주었다.

"이수호, 그는 나보다 연장이나 어느새 오랜 벗이 되었다. 피할 수 없는 시대의 인연과 하늘의 뜻으로 만난 우정이다. 멀리서도 눈으로 마음 주고받으면, 달리 말하지 않아도 서로 고개 끄덕일 정도는 제법 되었구나. 그래서 마음이 든든해진다. 부끄러움을 끌어안고 끝내 사랑의 시를 노래하는 시인 이수호가 있어 우리는 외롭지 않게 되기에."

과도한 칭찬에 몸 둘 바를 몰랐으나 그의 진정성이 묻어 있는 것 같아 기분이 그리 나쁘지는 않았다.

세 권의 시집 모두 초판으로 2천 권 찍었는데 모두 1쇄를 더 찍었다. 그리고는 끝이었다. 초판도 내가 선물로 돌린 것이 절반 정도가 되니 실제 팔린 부수는 미미한 것이다. 시가 감동도 없고 형식도 제대로 갖추지 않았으니 당연한 일이겠으나 내가 정성껏 쓴 내 얘기를 시집으로 묶어 고마운 분들에게 드린 것만으로도 기분 좋게 생각하고 있다. 다만 내 보잘 것 없는 시에 의미를 부여하며 공들여 쓴 세 분 도종환, 송경동, 김민웅의 해설은 정말 잘 쓴 글이어서 읽을 만한데 내 시집에 끼여 빛을 못 보는 것이 안타까울 뿐이다.

진달래꽃

내 고등학교 시절은 모든 게 가난했다. 성정은 거칠 수밖에 없었다. 주고받는 말은 절반이 욕이었고 으슥한 곳에 서너 명씩 모여 꼬치담배를 돌려가며 피우곤 했다. 키 큰 놈들은 교실 뒤 구석에 모여 시시껄렁한 농담으로 분위기를 잡았는데, 거기 못 끼는 놈들은 괜히 기가 죽어 알아서 기곤 했다. 나는 키가 큰 편이었는데도 그놈들 무리에 끼지도 못하고 비리비리했다. 기를 못 펴고 주눅 들어 살았다. 누구는 나보고 착하다고 했지만 썩 듣기 좋은 말은 아니었다.

나는 혼자 책을 읽거나 공책에 뭘 베껴 쓰기를 좋아했다. 특히 국어 교과서에 나오는 시들이 좋아 따로 공책에 교과서의 시와 새로 만나는 좋은 시를 옮겨서, 나만의 시집을 만들어 가지고 다니며 혼자 읽곤 했다. 아무도 없는 곳에서는 큰 소리로 읽으며 외우기도 했다.

그러던 어느 날 헌책방에서 진짜 시집 한 권을 만났다. 김소월의 『진달래꽃』이었다. 김소월의 시는 「진달래꽃」 등이 교과서에도 실려 있어 낯설지는 않았으나, 허름한 헌책방 구석에서 주인을 힐끗힐끗 돌아보며 읽는 맛이 정말 대단했다. 편을 더할수록 저절로 생기는 가락도 좋았지만 너무도 쉽게 쓴 내용이 그대로 여린 가슴에 와 박혔다.

시집을 갖고 싶은 마음에 당시 나로서는 거금을 지불하고 내 것으로 만들었다. 그 내용이 대부분 애절한 사랑이거나 일제강점기 현실 속에서의 진솔한 삶의 얘기여서 그냥 가슴에 품고 싶었다. 가끔 혼자일 때는 가락을 붙여 큰 소리로 읽곤 했는데, 마음이 따뜻해지고 마치 노래를 부를 때처럼 시원함을 느끼곤 했다. 아, 말의 아름다움이 바로 이런 것이로구나. 그때부터 나는 시에 휩싸여 살았다. 지금도 그렇게 살고 있다.

어쩌다 나도 시를 쓰게 됐다. 내 계획과는 달리 지방대 야간이지만 국문과를 가게 됐고 문학에 대해 배울 기회도 얻었다. 가정 형편으로 인해 전적으로 몰입하기는 힘들었지만 문학 강의는 재미있었고 내 속에도 창작에 대한 꿈틀거리는 그 무엇이 있다는 것을 어렴풋이 알게 됐다. 그러나 바쁜 일상 속에서는 거기까지였다. 조금은 안타깝기도 했지만 미련을 갖지 않았다. 용돈을 쪼개 매달 몇 종류의 문학 잡지를 사서 재미있게 읽는 것으로 만족할 수밖에 없었다.

어쩌다 국어 교사가 되고 전교조 위원장, 민주노총 위원장 역할을 하게 됐다. 위원장의 일 중 하나는 농성을 하는 것이다. 투쟁이 교착상태에 빠지거나 상대의 힘이 너무 강해 도저히 어찌해볼 수 없을 때 마지막 전술로 거점을 잡고 목표를 걸고 스스로를 희생하며 최후의 결전에 들어가는 것. 상대에게 결연한 의지를 보이는 한편 우리의 단결과 의지를 모으는 투쟁 방식이다. 이 역할이 주로 위원장의 몫인데 삭발과 단식을 겸한 무척 힘든 싸움이다. 전교조나 민주노총은 내셔널센터이므로 정부를 상대로 싸우는 대정부 투쟁이 대부분인데다 적당한 타협보다는 투쟁해서 쟁취한 것을 선호한 민주노조운동의 성격 상 자주 격돌할 수밖에 없었고 그때마다 나는 농성에 들어갔다. 철야 단식 농성을 하다보면 시간이 많았다. 책 읽기도 지겨우면 글을 썼다. 여러 형편 상 짤막짤막한 글이 좋았다. 시가 됐다.

민주노총 위원장을 갑자기 그만두면서 학교 복직 때까지 몇 달을 쉬게 되었다. 억지로 얻은 내 인생 최장의 휴가였다. 허투루 보내서는 안 되겠다는 마음으로 하루 한 편씩 시를 썼다. 그걸 알고 누가 시집을 내자는 말에 솔깃해서 원고를 들고 당시 『한겨레신문』 사장이던 해직교사 출신의 고광헌 선생을 만났다. 고 선생의 주선으로 얼떨결에 낸 나의 첫 시집이 『나의 배후는 너다』이다. 전교조와 민주노총에서 노동운동의 최전선에 있을 때 쓴 것들이니 거칠고 치졸함이 오죽했겠는가? 오죽했으면 발문을 부탁받은 도종환 시인이 "시 같지도 않은 것을 가지고 와서 평을 해달라는 바람에 난감했다"라고 글을 시작할 정도였으니까. 그래도 나는 즐겁고 기뻤다. 내 안에 있던 김소월의 『진달래꽃』이 꿈틀거리며 되살아나는 것 같았다.

게으름과 오만

되돌아보면 나는 늘 준비가 덜 됐던 것 같다. 가정 형편을 핑계로 댈 수 있으나 어디까지나 핑계다. 극복하고 이겨나가며 내가 원하는 길을 내 힘으로 가는 것은 내 몫이었다. 내 또래 중 어릴 때 가난하지 않은 집이 몇이나 있었나? 지금과 비교해보면 모두 가난했고 그 차이도 고만고만했다.

나는 집에 내 방은 말할 것도 없고 내 책상이 없다는 핑계로 바깥으로 돌았다. 부모님 잔소리와 일 시키는 게 싫어서 잘 들어가지 않았다. 만홧가게 주변을 어슬렁거리다가 아는 동무 만나면 그 옆에 꼽사리로 붙어 앉아 만화를 훔쳐보며 시간을 보내곤 했다. "너는 공부를 그렇게 안 하고도 성적이 잘 나오는 게 참 용하다"는 주변의 얘기에 공부는 별것 아니라는 자만심을 가지게 된 것 같다.

중학교 들어가며 제대로 공부에 전념해보고 싶었다. 한 학기 열심히 했는데 간발의 차이로 장학금을 못 받게 됐다. 그것도 체육 실기 점수가 결정적이었다. 공부와 성적을 포기했다.

근로 장학생의 길을 찾았다. 스스로 공부할 수 있는 길을 찾을 수밖에 없었다고 명분을 내세우지만 실상은 하기 싫은 공부를 안 하는 방법을 찾은 것이다.

고등학교 때도 꽃 키우는 온실 근로 장학생으로 주로 온실에서 지냈다. 하교할 때는 시장 골목에서 노점상을 하는 어머니를 돕다 남은 물건을 등짐으로 지고 집으로 가곤 했다. 공부보다는 그 일이 더 소중하고 급하다고 자위했다.

야간 대학은 더 말할 것도 없었다. 낮의 직장이 늘 우선이었다. 돈을 벌어 등록금을 마련하고 가계에도 보탬이 돼야 한다는 생각을 하고 있었다. 생활이 우선이고 배움은 늘 부차적이었다. 현실에는 충실했으나 먼 미래를 보지 않았다. 그냥 하루하루 사는 삶이었다.

교사가 되고도 처음엔 그랬던 것 같다. 그냥 주어진 조건을 그대로 받아들이고 거기에서 최선을 다할 뿐이었다. 내가 맡은 학생들은 결석도 없었고 성적도 나았지만 그건 늘 상대적이었다. 헛헛하고 허탈했다. 때론 안타깝고 미안했다.

교육운동을 시작하며 내 부족과 무능을 깨닫기 시작했다. 대학 생활도 제대로 하며 학생운동을 통해 역사의식과 진정한 삶에 대한 통찰력을 가진 후배들을 만나며 창피하고 부끄러웠다. 공부를 해야겠다고 몸부림쳤지만 잘 되지 않았다. 다 때가 있었던 것이다. 그 뒤 나는 중요한 일을 당할 때마다 내 공부의 부족함을 절절히 느꼈다. 극복할 수 없는 그 절망의 벽 앞에서 울 수밖에 없었다. 어쩌다가 중요한 역할을 맡아 일을 할 때 내게 배움을 통해 뭔가 제대로 갖춘 실력이 있었더라면 그렇게 무기력하거나 방황하지 않았을 것이다. 특히 지도자의 역할은 준비가 튼튼하고 확실해야 한다. 그래야 소신이 생기고 앞장서 나가는 용기도 생긴다. 돌아보면 나는 그것이 부족해 늘 실패했던 것 같다.

　배움은 정말 중요하고 그러므로 때에 맞아야 한다. 그리고 그침이 없어야 한다. 일흔 즈음 내 주변을 돌아봐도 배움을 부끄러워하지 않고 끊임없이 배우고 연마하는 분들이 늘 건강하다. 나보다 두 살이나 많은 정지영 감독의 손에는 늘 책이 들려 있다. 그 나이에도 영어 말하기 공부를 위해 리시버를 끼고 다니는 모습이 정말 멋지다. 동갑내기 양길승은 녹색병원 원장직을 물려주고 조금 여유가 생기자 동네 문화센터에서 운영하는 중국어, 일본어 회화반에 등록해 열심히 공부하고 있다. 그 분들의 끊임없는 열정과 정신적 건강이 바로 이러한 배움에서 비롯되고 있는 것 같다. 그런데 나는 그러지 못하고 있어 한심할 뿐이다.

막내딸에게 답함

요즘에야 비로소 "내가 다른 사람보다 좀 더 아는 게 있다면 내가 모른다는 사실을 나는 아는 것이다" 토로한 소크라테스나, "내가 당하기 싫은 일을 남에게 해서는 안 된다" 하신 공자님 말씀이 무슨 의미인지 조금 알 것도 같다. 지구나 우주에 무한히 가득한 지식과 끝도 없이 진행되고 있는 탐구…. 겨우 일흔 한생을 이렇게 좁게 살고 마치 많이 산 것처럼 무엇을 좀 아는 것처럼 자기 생각이나 판단이 반드시 옳은 것처럼 큰소리치고 핏대 세우는 나를 보거나 그렇게도 싫던 중언부언이나 잔소리를 하면서도 내가 하는 줄도 모르고 그러고 있는 나를 보니 기가 막힐 일이다.

어제도 그랬다. 그 사람이 그렇게 얘기하면 관점에 따라 얼마든지 다를 수 있으니 좀 아니다 싶어도 그냥 그러려니 했어야 하는데, 결국은 이렇든 저렇든 대세에 큰 지장 없는데도 아등바등 토를 달고 앙앙거리다가 마침내 나는 참담했고 둘 다 기분만 상했다. 가까운 사이일수록 더욱 그렇다. 이 나이에 왜 꼭 이기려고 하는지 왜 꼭 내 생각만이 옳다고 고집하는지 왜 그 순간을 부드럽게 못 넘기는지, 그럴 때마다 "네 자신을 또 한 번 돌아보고 무조건 참아라. 넉넉하게 생각하고 한 번 더 참고 끝까지 참아라" 누누이 일러주시던 우리 아버지 말씀이 더욱 새롭다.

48년생인 나도 이제 일흔. 세월이 달라져 고래희는 아니더라도 인생 칠십이면 제법 산 나이다. 그 동안의 삶도 돌아보고 새로운 계획도 세우고 각오도 다지며 부디 꼰대는 되지 말아야지 하는 마음으로 '일흔 즈음'이란 연작시를 쓰기 시작했더니 그 반응이 가지가지인데 그 중 난감했던 것이 가족이 보인 반응이다. 특히 막내딸의 태도는 그 수준이 심각에 이르러 대놓고 싫다며 짜증을 부리는데 아마 자기 나이 먹는 것도 싫은데 나이 타령이나 하며 늙은 티를 내는 애비가 마뜩지 않았던 모양이다.

그러면서 딸은 그때 마침 미국 대통령예비선거에서 정치 성향이 나와 비슷해 보이는 일흔다섯 샌더스가 활약하는 모습에 빗대어 나의 무능함과 패기 없음을 은근히 비판했다. 우리나라는 정치 풍토가 미국과 다르다는 등 핑계를 대라면 한없이 많겠지만, 그보다 나도 샌더스처럼 일흔다섯에라도 어떤 일을 확실하게 하기 위해 이제 한번 추슬러야 할 것 같았다. 지고 가던 짐 잠시 내려놓고 쉬기도 할 겸 온 길 되돌아보며 갈 길 가늠해보는 것이니 너무 안타까워하거나 서러워 말아라 하면서도 내 스스로 나이에 짓눌려 주눅 드는 것도 숨길 수 없는 사실이다. 물론 때때로 나이 드는 것도 모르고 나대는 자신의 꼬락서니를 보는 것도 괴로운 일이다.

그러므로 이왕 시작한 '일흔 즈음'을 계속 쓰면서 자신을 냉정히 돌아볼 참이다. '내 나이가 어때서 사랑하기 딱 좋은 나이'에, 꼭 있을 자리에서 꼭 해야 할 일이 무엇인지 두 눈 부릅뜨고 찾아볼 참이다.

횡단보도를 건너며

성미산 자락으로 이사 온 후 보람 있는 일이 몇 가지 생겼
는데 그 중 하나가 출퇴근할 때 홍대입구 지하철역까지 십오
분 정도를 걷는 것이다. 버스가 없는 것은 아니나 기다리는 시
간 등을 고려하면 큰 차이도 나지 않아 나는 기꺼이 걷기를 택
하였다. 운동이 꼭 필요한 우리 나이에 적당히 걷는 것보다 더
좋은 것도 없을 뿐더러 버스비도 절약되니 아침저녁으로 '도랑
치고 가재 잡고', '마당 쓸고 동전 줍는' 일이 아닐 수 없어 나는
내심 상당히 즐거웠다.

그리고 이사장이라는 역할이 출근의 분초를 다투는 일도
아니고 무슨 급히 처리해야 할 일이 기다리는 것도 아니다. 그
런데다 꼬박꼬박 제시간에 출근하면 오히려 다른 직원이 불편
해하는 눈치가 있어 여유 있고 느긋하게 하려는 생각도 있었
다. 평생 몸에 밴 시간 개념이 있어 나도 모르게 괜히 발걸음을
재촉하게 되는 것은 어쩔 수 없지만.

홍대입구 역까지는 건널목을 세 번 건너야 하는데 이 건널

목 건너기가 가끔 말썽을 일으킨다. 이 생각 저 생각 하면서 걷다보면 애매한 거리에서 횡단보도 불이 바뀔 때가 있다. 뛰면 건널 수 있을 것 같고 그냥 천천히 걸으면 붉은 신호등 앞에서 멍청하게 불이 바뀔 때까지 기다려야 할 것 같다. 나는 어디에 멈추어 있는 것을 좋아하지 않는다. 특히 붉은색 신호등에 막혀 움직이지 못하는 것은 왠지 싫다. 그래서 웬만하면 그런 상황을 만들지 않으려고 미리 애쓰는 편이다.

그날 아침에도 그랬다. 횡단보도 파란 불이 깜박이고 있는데 뛰어야 하나 말아야 하나 잠시 멈칫거리다가 깜박 내 꼬락서니를 잊고 뒤뚱거리며 달리기 시작했다. 그리고 횡단보도를 거의 다 건너가서 마음의 끈을 살짝 놓는 순간 앗-차 인도로 올라가는 조그만 콘크리트 턱에 걸려 그만 나동그라지고 말았다. 이전 같으면 그냥 차고 나가거나 잠시 흔들 하다가도 금방 균형을 잡았을 텐데 다리 힘도 약해지고 균형감각도 허물어져 마음 같지가 않았던 게다. 실수와 창피함을 감추느라 "세금 걷어 구청 놈들은 뭐하는 거야. 이런 시설 하나 제대로 못하고!" 괜히 애먼 화를 내며 투덜거리며 "에이 오늘도 더럽게 재수 없는 날이네" 한심한 세월 타령이나 하는데, 어디선가 젊은이 몇 얼른 달려와 조심스레 내 팔을 잡아 일으켜주었다. 그 손이 얼마나 부드럽고 따뜻한지.

"아저씨 괜찮으세요? 어디 다치지 않으셨어요?"

살뜰한 말투도 그렇지만 할아버지나 어르신이라 부르지 않고 아저씨라 하는 게 얼마나 은근히 고마운지 눈물이 다 핑 도는데 그 튼실한 젊은이 손에 이끌려 일어나며 "이젠 내가 나

를 믿어서는 안 되는구나. 더군다나 쓸데없는 오기는 버려야
지" 중얼거리는 것이었다.

병원에 갔더니

정기 건강검진을 받으라고 연락이 와 가기 싫은 병원엘 갔다. 우선 생활 습관과 운동 습관 등 이것저것 물어보는데 너무 내 멋대로 살아 괜히 속이 뜨끔뜨끔했다. 근데 차분하던 의사 양반 "이 연세에 이만하면 아주 좋은 겁니다. 그렇게 부지런히 걸어 다니고 열심히 일하며 넉넉한 마음 가지시면 그것으로 더 할 게 없어요" 한다. 그리고 한참 뜸을 들이더니 "이젠 나이도 나이인 만큼 먹고 말하고 어디 나서는 것을 조금씩 줄이는 게 중요해요" 하며 나를 위로한다.

그리고는 위 내시경 검사를 할 텐데 그냥 할 건지 수면으로 할 건지를 선택하란다. 그러면서 수면 내시경은 아주 깨어나지 않을 수도 있으니 잘 판단하라며 짐짓 진지한 표정을 짓는다. 잠시 혼란스러웠으나 오래 가진 않았다. 이제 거의 70여 년을 살았으니 아주 잠들어버려도 크게 아쉬울 건 없고 깜냥에 나름 하고 싶은 일 최선을 다했으니 미련도 크게 없다.

"수면으로 해주세요."

만약의 경우 스스로 책임지겠다는 동의서에 서명을 하자 의사는 씩 웃으며 "염려 마세요. 잠깐 주무시면 돼요" 한다.

생각해보면 나는 이만하면 참 건강한 편이다. 혈압이 좀 높다고 하나 매일 아침밥 먹고 맹물로 입가시듯 그렇게 동그란 약 몇 알 털어 넣으면 뇌출혈 유발하는 고혈압이 나도 모르게 잡히고 곁들여 부정맥까지 조절된다니 들이는 공역에 비해 혜택은 너무 크다. 발가락 무좀, 사타구니 습진, 가끔씩 싸르르 뒤틀리는 과민성 대장통 끼고 살면서 적당히 타협하면 지하철에서 중간에 잠깐 내리는 일은 있어도 그런대로 견딜 만하다. 아침에 눈 뜨면 아직 몸이 가볍고 신문을 집어 들면 낮은 돋보기로도 활자가 잉크 냄새 풍기며 또록또록 다가오니 그날 하루 복잡한 일도 정리가 된다.

주제 넘는 걱정 하지 말고 부디 혼자 아는 체하지 말고 분수를 알고 스스로 만족해하자. 이제 그럴 나이가 되지 않았느냐? 죽음처럼 편한 수면 상태로 들어가며 잠시 생각해본다.

신영복

이젠 어떻게 살 것인가를 생각하면 자연스레 어떻게 죽을 것인가가 먼저 떠오르고 걱정이 앞선다. 본래 삶과 죽음이 동전의 양면처럼 같이 있고 또 연결되어 있는 것인데 살아온 시간보다 살아갈 시간이 짧게 느껴지는 것은 내 나이로 치면 생리적으로 볼 때 지극히 당연한 일임에도 잊어버리고 살 때가 많다. 또 몸이며 마음이며 굳어지거나 고장이 잦아지는데도 이런저런 핑계로 받아들이고 싶지 않을 때가 많다.

평균 수명이 길어져서 백 세까지는 살아야 한다거나 건강 상태를 생각하면 자기 나이에 0.7을 곱해야 활동 나이가 된다며 스스로 위로하며 바동대는 내 꼴이 안쓰럽기만 하다. 이 논리대로라면 내 나이 70에 0.7을 곱하면 49세니 아직도 40대인데다 수명이 백 세라면 살아온 날보다 살아갈 날이 더 많아 잠시 기분이 좋을지 모르겠으나 다 부질없는 말장난에 불과하다. 이제는 살만큼 살았으니 언제 삶이 끝나더라도 뒤가 깔끔하게 주변 정리나 잘하며 겸손하게 그날을 기다리는 게 정답인 것 같다.

일흔다섯 신영복 선생님이 홀연 돌아가셨다. 젊어서부터 흔들림 없이 자기 사상적 소신으로 살다 남북 분단의 뒤틀린 토양에서 스물일곱에 부당한 사형 선고를 받고 20년이나 억울한 감옥살이를 하셨다. 그 감옥마저 자기 수련장으로 만들어 오히려 더 단단해지고 넉넉해진 몸으로 멋진 글씨까지 덤으로 가지고 나와 열매는 붉으나 꽃은 하얀 치자나무처럼 달콤한 향기를 주변에 풍기며 푸르게 사셨다. 겸손함과 오롯함으로 거친 세상 따뜻하고 반듯하게 하려 열심히 가르치고 쓰고 강연 요청, 글씨 부탁 거절하지 못하고 동분서주 이리저리 부지런히도 다니셨다. 불현듯 암 선고 받고도 의연히 보살미소 지으며 당당하게 맞서면서 오히려 주변을 위로하며 손 잡아주셨다.

그러던 어느 날 의학적 절망을 확인하고, 양지 바른 바위 위에서 노는 듯 조는 듯 숨을 거두리라 혼자 다짐하셨다. 스스로 곡기도 수액도 영양제도 끊으시고 급기야 진통제마저 끊으셨다. 그동안 번거롭고 미안하다며 병문안 못 오게 했던 보고 싶은 사람 다 불러 모아 못다 한 얘기도 충분히 나누셨다. 그리고 발병 1년, 단식 열흘 만에 조용히 눈을 감으셨다 하니 그 사람됨이 가장 고결한 인간의 모습이다.

나도 신영복 선생님처럼 일흔 즈음의 삶을 산다면, 신영복 선생님처럼 그렇게 생을 깔끔하게 마감할 수 있다면 얼마나 좋을까. 활짝 웃으며 나 같은 얼치기도 반갑게 맞아주시는 그 어른 영정 앞에 국화 한 송이 올리며 남몰래 발원해본다.

위선자보다 더 나쁜 위악자

얼마 전 김중배 선생님을 모시고 밥을 먹으며 술도 한잔 곁들일 기회가 있었다. 시대의 언론인으로 무척 존경했으나 늘 어려웠다. 행사장 등에서 가끔 뵈면 나 같은 새까만 후배를 깍듯이 대해주곤 하셔서 민망했는데 마주 앉아 밥을 먹자니 무척 조심스러웠다.

술이 몇 순배 돌자 긴장도 조금 풀리고 선생님의 멋진 비유와 촌철살인의 어법이 발휘되기 시작했다. 내가 선생님을 좋아하고 존경하게 된 경위와 그렇게밖에 할 수 없는 내 심정을 더듬거리며 얘기하자 선생님은 대뜸 "이 위원장은 아무리 봐도 위악자야. 안에 감추어져 있는 착한 성품은 어쩔 수 없는 것 같아"하시는 것이었다. 언뜻 듣기에는 칭찬 같았으나 곰곰이 생각하니 꼭 그런 건 아니었다. 김중배 선생님께서 그렇게 가볍게 노골적으로 누구를 칭찬하실 분이 아니라는 생각이 들자 더욱 그랬다.

위선자라는 말은 선하지 않으면서 선으로 위장하여 선한

척하는 인간이란 뜻이니 좋지 않은 말임이 분명하다. 본래 선하지 않은 것도 나쁘지만 그것을 선한 것처럼 거짓으로 꾸미는 것이 훨씬 더 나쁘다. 솔직하지 못한 것이 더 나쁘다는 것이다. 그렇게 보면 위악자라는 말은 위선자라는 말을 비틀어 만든 말인데 좋게 보면 '착한 사람이 겸손하게 티를 내지 않는다'라는 뜻이리라. 그런데 '위(僞)'라는 접두어가 '거짓으로 꾸미다'라는 뜻이므로 결국은 솔직하지 못하고 위장하고 있다는 말이 된다. 이렇든 저렇든 남을 속이는 사람으로 좋지 못한 사람임이 분명하다.

결국 위악자는 위선자와 비슷한 말이거나 위선자보다 더 위선적인 나쁜 놈이란 뜻이다. 김중배 선생님은 나에게 '좀 더 솔직하라'는 충고를 그렇게 하시는 것이었다. 속이 뜨끔했다. 나 역시 때로 내가 솔직하지 못한 놈인 걸 잘 알고 있다. 내 고도의 위장술을 선생님은 간파하고 계셨던 것이다.

나는 품성이 착하다는 얘기를 많이 들었다. 얌전하고 의젓하다는 얘기는 덤으로 듣곤 했다. 부모님의 핵심적 가르침이기도 했지만 어릴 때부터 주변에서 칭찬으로 듣다보니 그것을 참 좋은 걸로만 알았다. 웬만한 것은 참고 받아들이고 양보하고 살았다. 달콤한 칭찬에 취해서 거기에 맞춰 살았다. 그러다 보니 누가 나를 싫어하거나 미워하는 것을 견디지 못했다. 모든 사람이 나를 좋아해야 한다고 생각하며 거기에 나를 맞추며 살아왔으니 그 삶이 어땠겠는가. 스스로 모순과 위선 덩어리였다. 나는 나를 좋아하는 사람만 좋아하고 싫어하는 사람을 무시했다. 좋아하지 않는다고 솔직하게 말하지 못하고 겉으로는 좋아하는 척하면서 마음까지는 온전히 주지 않았다. 그러면서 나는 싫어하지 않는 것처럼 위장했다. 위선자였다.

정파의 갈등으로 얼룩진 교육운동, 노동운동의 한복판에서 그것도 위원장이란 직책을 수행하며 겪어야 했던 수많은 일들 속에서 좀 더 솔직하게 대응하지 못하고 적당히 봉합하고 얼버무리려 했던 위선적 태도가 스스로의 지도력을 철저히 훼손시킨 것을 이제야 조금 깨닫고 있다. 나는 위선자보다 더 나쁜 위악자였다.

그날 나는 김중배 선생님이 그렇게 고마울 수가 없었다.

멋쟁이 언니들 모임

나는 몇 개의 모임에 나가고 있다. 그 중 하나가 '아사마루'라는 모임인데 가끔 모여 연극이나 영화도 보고 맛있는 먹을거리에 술잔을 기울이며 감상도 나누는 가벼우면서도 재미있는 모임이다. 정지영 감독을 비롯한 문화계 인사들이 주를 이루는데 70대에서 30대까지 다양한 연령의 인사들이 모이고 있다. 일본어와 합성어처럼 보이는 아사마루란 모임 이름은 김민웅 교수의 제안으로 만들어진 것인데 '아사'란 말의 어원은 '아사달' 같은 우리 고어에서 찾을 수 있다는 주장이었다. 누가 무슨 제안을 하면 크게 따지지 않고 받아들이며 함께한다는 원칙에 따라 우리는 그 말을 그대로 쓰고 있다.

이 모임이 추구하는 가치 가운데 성을 포함한 평등은 대단히 중요한 것이어서 그것을 생활화하기 위해 같이 노력하고 있다. 그것이 구체화된 것이 호칭인데 우리는 나이, 성별 등과 상관없이 상대를 부를 땐 '언니'라는 말을 쓴다. 전 직위나 직책은 말할 것도 없고 현재의 것도 무시된다. 언니라는 말은 홍명희의 소설 『임꺽정』에서 임꺽정을 "꺽정 언니"라 부른다거나 6, 70년대 학교 졸업식에서 부르던 노래 가사 "빛나는 졸업장을 타신 언니께"처럼 성에 상관없이 손 위 누이나 형을 언니라 통칭했던 예에 따라 그렇게 하기로 한 것이다. 도종환 장관이 아니라 종환 언니처럼 모두가 이름에 언니만 붙여 존경과 친근감을 동시에 표현하는 방식이다. 처음엔 좀 어색했는데 금방 자연스러워졌다. 특히 나 같은 놈에게 참 좋았다. 다른 사람이 나를 부를 때 교사 등 교육 쪽에 계신 분들은 선생 혹은 선생님이라 부르고, 노동운동 쪽에 계신 분들은 위원장이라 부르고, 또 지금은 이사장이라 부르기도 하는데 나 자신도 흔쾌하거나 자연스럽지 않았다. 그런데 그냥 언니라고만 하니 참 편안하고 좋았다.

이는 페미니즘 운동을 지향하는 어느 여성 회원이 제안한 것인데 관점이 정확하고 주장이 분명하여 모두 따르고 있다. 나처럼 가부장제에 절어 있는 사람은 말 한마디 한마디가 조심스럽기도 하나 각성하고 배워가며 적응하고 있다.

사실 나는 삼형제 중 막내로 태어났는데도 다른 사람 보기엔 맏이 같다는 얘기를 많이 들었다. 키가 크기도 했지만 철이 빨리 들어 부모님의 잔소리를 거의 듣지 않았다. 당시는 중학교 진학부터 경쟁이었는데 중학교, 고등학교, 대학을 모두 내가 알아서 선택해 갔다. 교직과 학교의 선택도 그랬고 직장을 옮기는 것도 누구와 의논하지 않았다. 혼자 잘난 척했지만 참 어리석었다. 나도 모르게 가부장적 권위주의를 쌓아가고 있었다.

교육운동도 늦은 나이에 시작해서 처음부터 나는 선배였다. 과학적 이론과 철저한 실천의 후배들에게 그냥 들어 얹혀 있었다. 나도 따라 배우며 열심히 공부했어야 하는데 천성이 게으르고 늘 엉거주춤했다. 그래도 나이 탓에 내게 돌아오는 역할은 부회장, 회장 등 지도 단위였고 실력도 없으면서 감투만 쓰고 있었다. 교육운동이 노동운동으로 질적인 발전을 했으나 나는 여전히 폼만 잡았다. 분회 활동을 통해 학교현장의 문제를 가지고 교사들과 치열한 토론을 하며 설득한다거나 교장등 관료들과 날을 세우며 싸워보지도 않았다. 이웃 학교끼리의 연대와 연합을 통해 공동사업이나 투쟁도 하지 않았다.

나는 늘 소속과 역할이 중앙에 있었고 학교의 골치 아픈 일은 뒷전이었다. 수업 끝나면 학교현장은 팽개치고 본부 사무실로 달려가기 일쑤였다. 어찌 보면 현장 뿌리가 없는 가짜이거나 허약한 존재였다. 결국 내가 맡았던 가장 낮은 직책이 지부장이었으니 더 말해 무엇 하겠는가? 시건방만 늘고 어깨에 바람만 잔뜩 들어 있었다.

아니다, 하면서도 직책이 낮은 분이나 이름도 없이 현장에서 고생하는 분들을 무관심하게 대하거나 관념적으로 이해했을 것이다. 지금도 은근히 그런 생각에 젖어 있는 자신을 본다. 공식적으로 누굴 만날 때는 은근히 위상을 생각하기도 하고 나이를 내세우기도 한다.

아사마루 모임 총무에게서 '번개' 연락이 왔다. 누가 추천하는 영화가 있는데 관심 있는 언니들은 언제 어디로 모이란다. 나도 모르게 꼰대가 된 나를 이렇게 불러주니 정말 고맙다.

바쁜 일 생각하며 안 갈 핑계 찾지 말고 얼른 간다고 문자 먼저 보내야겠다. 이렇게라도 가끔 나가 반가운 언니들 얼굴이라도 마주하며 몸세탁이라도 해야 남은 나의 삶이 조금은 덜 지저분해지지 않을까 생각하면서.

교회에 다니는 이유

어릴 땐 부모님이 가라고 해서 갔다. 교회에 가면 큰누나 같은 여선생님이 계셨는데, 그분도 좋았다. 동화처럼 들려주는 성경 얘기가 재미있었고 예배드리는 태도가 훌륭한 아이에게 주는 상도 좋았다. 상에 딸린 작은 상품도 좋았지만 무엇보다 착하다고 칭찬받는 게 정말 좋았다. 중학생이 되면서 성경이 너무 비과학적임을 알고 혼란스러웠다. 또 장로, 집사 등 교회 어른들이 주일만 거들먹거리는 게 너무 싫었다. 그래도 어머니의 간곡한 바람을 저버릴 수 없고 어머니를 실망시키기 싫어 효도하는 마음으로 가끔 갔다. 철들고 바쁠 때는 거의 못 갔다. 인생이 좀 삭막하다는 생각도 들었다.

요즈음 나는 웬만하면 일요일에 한 번 교회에 간다. 공휴일인 그 시간을 그렇게 보내는 것이 그나마 비교적 유용하고 즐겁게 판단돼 그렇게 한다.

우선 설교라 이름 붙인 성경을 교재로 하는 인문학 강의가 들을 만하다. 목사에 따라 차이가 많을 텐데 우리 교회 목사님

설교는 정말 괜찮다. 참가비로 내는 헌금이 크게 비싸게 느껴지지 않는다. 그 시간에 집에서 늦잠 자며 신문을 들추거나 이리저리 TV 채널 돌리는 것보다는 건강 관리 등 여러 면에서 괜찮다.

찬양이란 이름의 성가대 합창 공연도 참 좋다. 아주 고급스럽지는 않지만 가끔 찡한 감동을 주기도 한다. 우리 교회 지난주 찬양이 그랬다. 단원 여덟 명이 관객 스물다섯을 앞에 놓고 혼신을 다하는데 그 노래 속으로 빨려 들어가는 듯했다. 지난 주일 찬양이 끝나면서 내 느낌은 '오늘은 설교 안 들어도 본전 충분히 뽑았다'였다. 덤이 본 물건보다 더 마음에 든다고나 할까. 가끔 가벼운 안주가 회보다 더 맛있는, 뭐 그런 기분이었다.

그런데 지난주는 설교도 참 좋아서 즐거움과 기쁨이 몇 배였다. 목사가 잘난 척하거나 자기만이 옳다고 하지 않아서 좋았다. 간만에 만나는 교우들과 얘기 나누며 밥 먹는 시간도 덤 위에 한 줌 더 얹어 주는 콩나물처럼 기분이 꽤 괜찮았다.

가끔 교회 갈 시간에 다른 특별한 일이 생기면 당연히 그쪽으로 가야겠지만, 늘그막에 가격 대비 이보다 더 시간 보내기 좋은 곳도 없을 것 같아 계속 교회는 나갈 작정이다. 물론 누가 더 좋은 프로그램을 소개하면 바꿔볼 생각이 전혀 없는 건 아니지만.

이러면서 나는 자신을 돌아본다. 죽은 뒤의 세계에 대해서는 솔직히 잘 모르겠다. 육체는 알겠는데 영혼에 대해서는 자신이 없다. 다만 살아 있는 동안 잘 살아야겠다는 생각은 늘 한다. 그래서 죽을 때까지 배워야 한다. 가장 중요한 근본적 가르침이 종교이고 그 학교가 절이나 성당, 교회 같은 곳이다. 어느 한 곳이 절대적으로 옳은 건 아니다. 자기에게 맞는 곳에 가서 기분 좋게 참삶에 대해 열심히 공부하면 되는 것이 아닌가 싶다.

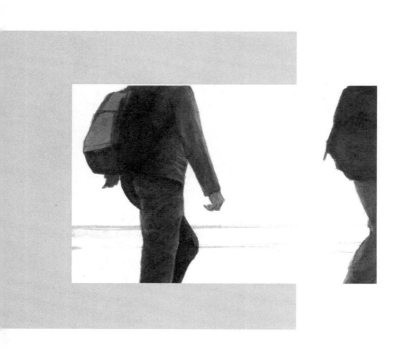

얻어먹기 한평생

나는 대접 받기를 좋아한다. 못된 버릇이다. 고치려 애쓰는데도 잘 안 된다.

어린 시절 가난하게 자란 나는 사람들에게 나눠줄 것이 별로 없었다. 자존심도 없어 도움을 받거나 얻어먹는 것을 부끄러워할 줄도 몰랐다. 철이 들면서 창피하다는 생각이 들어 누구를 만나거나 함께 뭘 하기가 싫었다. 그래서 이유를 만들어 스스로 외톨이가 되기도 했다. 소심하고 소극적이 될 수밖에 없었다.

교사가 되며 이러한 내 태도는 더욱 강화됐다. 학부모들의 대접이 있었던 것이다. 서울 사립학교로 옮기며 대접은 더욱 심해졌다. 학기가 시작될 때나 한 해를 끝낼 때는 말할 것도 없고 스승의날이나 명절 등에는 꼭 조그만 선물이나 식사 대접을 받았다. 심지어는 촌지라는 이름으로 돈 봉투를 들고 와 곤란하게 만들었는데 이런저런 핑계와 명분을 들어 못 이기는 척하기도 했다. 아무리 그 시대의 풍속도라 하더라도 돌이켜보면 얼굴이 화끈거린다.

이런 일 등에 문제의식을 느끼고 크게 반성하며 참교육운 동을 통해 떨쳐나섰으나 얻어먹는 버릇은 고치지 못했다. 더욱 이나 전교조 결성으로 해직되고 감옥까지 가게 되니 현직 교사 를 비롯하여 많은 분들이 돕기 운동에 나서게 되고 나는 자연 스럽게 도움의 대상이 되었다. 어린아이들과 함께 생계를 이 어나가야 하는 처지이기도 했지만, 내 스스로 의로운 일을 하 다가 어려움을 당했으니 도움을 받는 게 당연하다는 한심한 생 각이 컸다. 특히 몇 명이 같이 음식을 먹고 계산을 할 땐 당연히 빠졌다. 내가 내는 척이라도 할라치면 다른 분들이 붙들고 꼼 짝 못하게 하기도 했지만 언제부터인가는 그것을 당연한 걸로 여기기 시작했다.

더욱이 수배생활을 겪으면서는 누굴 만날 때도 모자를 쓰 는 등 위장을 하고 노출을 최소화했다. 때문에 밥을 먹든 차를 마시든 계산은 언제나 상대의 몫이었다. 수배가 해제되고 상황 이 달라졌는데도 그 버릇은 여전히 남아 있으니 큰일이 아닐 수 없다.

국민연합 집행위원장 건으로 수배가 되어 구로구 어딘가 에 전교조가 마련해준 안가에 숨어 생활할 때였다. 그때는 숨 어 지내면서도 직책을 수행할 때였으므로 보안이 철저했다. 그 러던 어느 날 양길승 원장이 비선을 통해 찾아왔다. 당시 양 원 장은 현직 개업 의사였지만 민주화운동의 중심에 있었다. 권력 의 탄압에 의한 죽음이나 의문사 등의 시신을 부검할 때 우리 쪽 의사로 참여해 함부로 하지 못하게 하는 것은 말할 것도 없고 올바른 사인 규명으로 책임을 분명히하는 역할을 자임했다. 당시 강경대 학생의 사인이 경찰의 쇠파이프에 의한 타살임을 밝혀내는 데도 결정적 역할을 했다. 양길승 원장은 이런 역할 외에도 다른 어려운 분들을 경제적으로 도와주는 일을 많이 했다. 특히 투쟁하거나 산재를 당한 노동자를 앞장서서 도와주었다.

허름한 시장 골목의 한 조용한 식당에서 우린 만났다. 당시에는 가까운 사이도 아니고 또 내가 수배 중이었기에 서로 별말이 없었다. 삼겹살을 잘 구워 내 쪽으로 밀어 놓으며 왕방울 같은 눈을 그렁그렁하며 길게 보고 부디 건강 관리 잘하라고 어디 아픈 데는 없냐고 따뜻하게 물어왔던 것 같다. 당시 나를 돌보며 함께하던 동지들이 내 몸 상태도 점검할 겸 만나게 했으리라. 그 만남의 인연으로 나는 양 원장과 더욱 가깝게 지내게 되었는데 그는 언제나 날 챙겨주었다. 늘 뭔가 어느 한쪽이 모자라는 듯한 내가 안쓰러웠던 모양이다.

양 원장은 나뿐 아니라 다른 사람들도 아주 잘 챙긴다. 특히 회의나 모임 뒤 함께 먹는 밥값이나 행사 뒤 뒤풀이 비용은 무조건 자기가 내는 것으로 안다. 그리고 실천한다. 눈치를 보거나 속으로 잔머리 굴리는 일이 없다. 말없이 슬그머니 먼저 일어나서 계산한다. 아주 자연스럽다. 티를 내거나 토를 다는 것을 본 적이 없다. 이분 못지않은 분이 한 분 더 계신데 윤준하 전 환경운동연합 대표다. 양길승과 윤준하가 이런 일로 다툴 때면 늘 윤준하가 이기곤 했는데 연배가 좀 높기 때문이다. 참 대단한 분들이다. 이런 분들이 주변에 많으면 우리 사회는 그만큼 넉넉하고 행복해질 것 같다.

　　나도 이제부터라도 얻어먹기를 즐기는 피해자 근성을 버리고 이분들처럼 내가 갖고 있는 것을 무엇이든 나누며 살고 싶다. 지갑 뿐 아니라, 마음도 넉넉해져 고생하고 애쓰는 후배들에게 따뜻한 말 한마디라도 아끼지 말아야겠다.

양길승

　내 또래 양길승. 녹색병원 원장 노릇하며 지하 작은 원장실에 언제나 시간 전에 출근해 식구들 정성껏 챙기고 병원 살리려 동분서주하며 열심히 뛰던 사람이다. 일흔 즈음 어느 날 후배에게 의자 넘겨주고 "아, 시원하다, 이제 좀 쉬어야지" 하는가 싶더니, 이 어수선하고 추운 날씨에 국회 정문 앞에 있다고 텔레그램 '유월민주포럼' 방에 문자가 떴다. 그 나이에 거기 꼭 참석해야 할 집회가 있는 것도 아니고 누가 나오라고 한 것도 아닌데 왜 흰 수염 휘날리며 아픈 무릎 절뚝거리며 거기서 떨고 서 계시냐고 물으면, 그는 언제나 씩 웃으며 "몸 보시라도 해서 숫자라도 채워야지" 한다.

　누구는 대한민국에서 가장 중요한 일 하면서도 오 분이면 닿을 수 있는 집무실도 안 가고 이른바 관저라는 자던 방에서 개기면서 드라마도 보고 심한 화장도 하고 머리도 올렸다는데. 큰 배가 뒤집혀 3백 명 이상이 물속에 있다면 대통령이 아니더라도 나와볼 만한데 일곱 시간이나 죽치고 있었다는데. 착한

73

우리 국민들 눈, 코, 입, 귀는 말할 것도 없고 똥구멍까지 막혀 답답해 죽을 지경에 이르렀는데도 그게 뭔 문제냐고 오리발 내밀며 생깠는데.

우리 수많은 양길승은 문도 안 열어주는 국회의사당 그 쇠담을 에워싸고 촛불 하나 들고 떨고 있으니 도대체 누가 제정신인지, 이렇게라도 지켜야 할 그 나라라는 게 무엇인지. 주인 노릇이 이렇게 힘들면 좀 편하게 사는 방법도 많을 텐데 내 동무 양길승은 또 뭔가 하자고 문자질을 한다. 어떻게 좀 도망가 볼까 하던 나도 하는 수 없이 답 문자를 보낸다.

ㄱㅅㅆ ㅅㄹㅎㅇ

사회적 대화에 대한 추억

지금에 와 생각해보니 이분법적 사고가 참 문제가 많다는 것을 깨닫게 된다. 나도 모르게 형성된 이것 아니면 저것, 흑 아니면 백이어야 한다는 생각. 적당한 타협이나 포용은 원칙을 포기한 굴복으로 여기는 경향이 있다.

특히 노사관계에서는 아주 심했던 것 같다. 근본적으로 노동과 자본은 서로의 이익을 극대화하려는 속성이 있어 투쟁이 불가피하니 양분될 수밖에 없다. 그것이 노동자와 자본가의 관계까지 규정하면서 서로 적대적 관계가 되어버린 것이다. 노동조합 위원장이 사장과 인간적 관계로 친하게 지내는 것도 금기시하고 있는 것은 이런 까닭이다. 거기다가 우리나라는 남북으로 분단되어 전쟁까지 치르고 보니 이념에 따른 적대관계는 극에 달해 모든 것을 뛰어넘는 흑백논리가 돼버린 것이다.

그러나 시대가 발전하고 바뀌면서 개념은 새로워졌다. 노동과 자본의 관계도 그렇지만 노동자와 자본가는 더더욱 이분법적으로는 설명할 수 없게 됐다. 임금 노동자와 자영업 노동자의 경계도 애매할 뿐 아니라 임금이나 근로 조건의 결정도 노사 간의 문제로만 보기에는 복잡하고 어려운 세상이 돼버렸다. 이해 당사자가 모두 참여하는 사회적 대화나 공론화 방식의 집단지성이 유용한 시대가 된 것이다.

안타깝게도, 전통적 노동운동 방식에 젖어 있는 우리나라 노동운동의 주류 단체들은 아직도 이런 새로운 시대에 대응이 서툴고 늦는 것 같다. 민주노총도 마찬가지여서 정부가 참여하는 사회적 대화에 소극적이다. 논의 방식이나 결정 구조의 문제라면 그것은 제도 개선이나 지도력으로 돌파해야 하는데 정파적 논리나 이해관계가 가로막고 있다.

2003년 초 나는 전교조 위원장 임기를 끝내고 다시 복직해 학교에서 학생들과 재미를 붙여가고 있었다. 교사로 출발하여 교육운동에 뛰어들었다가 해직도 당하고 감옥까지 가고 이래저래 최선을 다하다가 대표적 교육운동단체인 전교조의 위원장까지 지냈으니 내 깜냥에 할 만큼 했다는 생각도 들어 이제는 학교현장에 충실해야지 마음먹었다. 교육운동도 교육노동운동으로 발전하고 전교조 조합원도 10만에 육박하며 민주노총에서 영향력 있는 중요한 조직이 됐다. 발언권도 세질 수밖에 없었다.

2학기가 됐다. 추석 연휴였던 것 같다. 금속노조의 이석행과 민주택시노조의 강승규가 인사차 집으로 왔다. 막걸리를 마시며 얘기를 나누는데 현 민주노총의 문제점과 노동운동의 위기를 강조하면서 연말이 선거인데 새로운 지도력을 제대로 세우지 못하면 큰 위기가 올 것이라며 한숨짓는 것이었다. 최대의 쟁점은 사회적 대화로, 민주노총의 노사정위원회 참여 여부였다. 이상했다. 사회적 대화가 쟁점이라는 것이 잘 이해가 되지 않았다.

다음에 찾아왔을 때 그들은 내게 민주노총 위원장 출마를 권했다. 잘하면 주요 정파끼리 합의가 될 것 같다며 추대 형식으로 할 테니 민주노총을 위해 한 번만 결단을 해달라고 간곡히 요청하는 것이었다. 귀가 얇아 남의 말을 곧이곧대로 듣는 나는 마음이 흔들리기 시작했다. 내 안에 움츠리고 있던 정치적 욕심이 머리를 들고 일어났다. 이왕 노동운동의 길에 들어섰는데 총연맹의 위원장이라는 최고의 자리를 뿌리치기가 싫었던 것이다. 우리나라 노동운동에 대한 이해나 평가도 미숙한데다 목표나 전망도 제대로 정립하지 못한 상태에서 주변의 말만 듣고 솔깃해하는 자신의 무책임을 욕심이 어루만지고 있었다.

결국 추대는 무산됐고 나는 어느 정파에 업혀 출마할 수밖에 없었다. 천신만고 끝에 겨우 당선됐으나 그 후과는 대단했다. 지도력 부족으로, 약속했던 사회적 대화는 대의원대회 문턱도 넘지 못했다. 결국 우리 집행부는 일괄 사퇴했다. 나의 부족함과 무능함으로 함께 최선을 다했던 참모들마저 불명예의 책임을 지게 된 것이다. 그분들은 오히려 나를 위로했지만 결국 나는 그분들에게 갚을 수 없는 빚을 졌다. 이후 속죄하는 마음으로 살고 있다.

민들레

나는 민들레꽃을 무척 좋아한다. 민들레꽃은 흔하고 강해서 좋다. 보기도 예쁘거니와 쓸모도 많다. 이른 봄이면 어디서나 볼 수 있고 어떤 조건에서도 잘 자란다. 시골길, 논둑, 밭둑은 말할 것도 없고 공장 올라가는 언덕길에서도 자라고 교도소 감방 뒤뜰에서도 핀다. 심지어 도회지 아스팔트 벌어진 틈 사이에서도 노랗게 비집고 올라온다. 일제강점기 온갖 탄압 속에서 우리말 사전을 만들려는 선조들의 피나는 투쟁을 그린 영화 〈말모이〉에서도 민들레는 김판수의 초가집 문 앞 댓돌 주변에 끈질기게 피어 있었다.

뾰족뾰족 톱날 같은 잎도 든든하고 머금었던 함박웃음을 "푸- 하하" 내뱉듯 동그랗게 피는 꽃도 정겹고 힘차다. 밟아보라는 듯 웃으며 쳐다보는 얼굴에 생기가 넘친다. 꽃이 지면 그 자리에 하얀 홀씨가 생기는데, 이 홀씨들을 날려 보낼 때쯤이면 꽃대가 꼿꼿하게 선다. 홀씨를 바람에 실어 멀리 보내기 위해 최선을 다해 당당하게 서는 것이다. 놀라울 정도의 힘찬 발기다.

1989년 11월 13일 전태일 기일 즈음에 나는 서울구치소에서 나왔다. 전교조 결성과 함께 끌려간 지 6개월째였다. 1심이 끝나고 나는 집행유예로 나왔으나 함께 구속됐던 윤영규 위원장은 실형을 선고받고 나오지 못했다. 오기로 감방에서 입던 한복을 그대로 걸치고 나왔다. 마침 그날은 전태일노동상을 시상하는 날이었다. 전교조가 제2회 전태일노동상을 받게 되어 나는 출소 후 바로 시상식장으로 향했고, 조직을 대표해 상을 받았다. 당시 나는 감옥에 있으면서도 전교조 사무처장직을 유지하고 있었는데 나오자마자 업무에 복귀한 것이다.

그해 12월 조직을 재건하기 위해 총선거를 실시했다. 위원장, 지부장, 지회장, 분회장과 대의원까지 동시에 선출하는 선거였다. 우리는 이를 선거투쟁이라 불렀다. 이른바 불법단체(비합법 법외노조)인 전교조가 실정법을 고의로 어겨가며 노동조합의 정당성(헌법적 권리)을 보여주는 투쟁이었다.

나는 조합원 수가 가장 많은 서울지부를 맡는 게 좋겠다는 권유에 따라 서울지부장에 출마했다. 젊은 후배인 고은수 선생과 맞붙게 됐는데 본부 사무처장 출신에다 감옥에도 다녀왔고, TV 출연도 하는 등 그 당시 전교조의 상징처럼 돼 있던 내가 쉽게 이기리라 예측했다. 그래도 학교를 방문하며 선거운동을 한다거나 합동유세 등을 통해 세를 과시하고 존재감을 높이기 위해 문화선동 중심의 유세단을 구성하는 등 후보들은 최선을 다했다. 우리는 내가 좋아하는 민들레를 노래한 〈민들레처럼〉을 선거운동 노래로 정했다. 학교를 방문하거나 유세를 시작할 때면 언제나〈민들레처럼〉을 불렀다.

"민들레꽃처럼 살아야 한다/ 내 가슴에 피는 불타는 투혼/ 무수한 발길에 짓밟힌데도/ 민들레처럼// 모질고 모진 이 생존의 땅에/ 내가 가야할 저 투쟁의 길에/ 온몸 부딪히며 살아야 한다/ 민들레처럼// 특별하지 않을지라도/ 결코 빛나지 않을지라도/ 흔하고 너른 들풀과 어우러져/ 거침없이 피어나는 민들레// 아아 민들레/ 뜨거운 가슴/ 수천수백의 꽃씨가 되어/ 아아 해방의 봄을 부른다/ 민들레의 투혼으로."

새로운 전교조를 바라는 서울 조합원들의 선택으로 나는 비록 선거에서 졌지만 서울지부를 비롯한 전교조의 선거투쟁은 멋진 승리를 거두었다. 전교조는 새로운 지도부를 구성하면서 학교현장에 더 깊이 뿌리 내리게 됐다. 그리고 참교육의 수많은 홀씨를 날려 보내기 시작했다. 민들레처럼.

나는 해직 10년 차인 1998년 가을에 복직했다. 우리 사회와 학교가 많이 변해 있어 적응하기 힘들었지만 동료 교사의 도움과 학교의 배려 등으로 겨우 버텨나갈 수 있었다. 그렇게 힘들게 첫해를 보내고 다음 새 학기가 됐다. 나는 상담실로 배치를 받았다. 우선 조용해서 좋았다. 가끔 고민을 가지고 찾아오는 학생들과 얘기하는 것도 싫지 않았다. 학생들을 이해하는 데 많은 도움이 됐다. 그렇게 겨우 다시 학교에 재미를 붙이며 한 학기를 끝냈다. 이제는 현장 교사로 제대로 다시 출발할 수 있겠다는 자신감도 조심스럽게 들었다.

그러던 어느 일요일 오후였다. 허리에 차고 있던 삐삐가

연달아 울리기 시작했다. 복직 이후에 이렇게 급하게 찾는 일이 없었는데 특별한 일이었다. 찍힌 번호로 전화를 걸었더니 당시 민주노총 언론연맹 위원장 최문순(현 강원도지사)이었다. 무조건 만나야 한다면서 우리 집 근처로 오겠다며 청량리에 있는 어느 호텔 커피숍으로 일방적으로 나오라는 것이었다. 부랴부랴 나갔더니 최문순을 비롯한 여러 연맹 위원장들이 기다리고 있었다.

당시 민주노총은 이갑용 위원장의 사퇴로 보궐선거를 치러야 했는데 그동안 정파 간의 갈등으로 지도력의 훼손이 심해 연맹 위원장들이 모여 합의 추대하기로 뜻을 모았다고. 위원장에 금속노조의 단병호, 사무총장에 전교조의 이수호로 어렵게 합의한 것이니 민주노총을 위해 무조건 수락해야 한다는 것이었다. 이 합의마저 이행되지 못하면 민주노총은 또 엄청난 혼란 속으로 빠져들 수밖에 없고 그렇게 되면 민주노조운동의 대의는 사라지는 것이어서, 어려운 줄 알지만 조직의 부름에 복무하라고 윽박지르는데 더 어쩔 수가 없었다. 결국 나는 그 자리에서 수락하고 말았다. 당장 닥친 일이 내가 꼭 해야 할 일이라면 다른 어려움이 있더라도 우선 하고 보는 성격이 거기서도 발동이 된 것이다. 모처럼 복직한 학교와 안정적 가계에 한숨을 돌리던 아내의 얼굴은 무시됐다. 나는 가끔 이렇게 충동적이고 무책임하다. 어딘가 믿는 구석이 있기 때문일 텐데 그것이 무엇인지 나도 잘 모르겠다.

그렇게 해서 나는 민주노총 사무총장이 됐고 16개 산업별 노조와 연맹, 15개 시·도 지역본부가 참여한 전국민주노동조합총연맹의 살림과 교섭을 책임지게 됐다. 전교조 간부를 하면서 민주노총 사업도 함께하고 회의에도 많이 참석해봐서 크게 낯설지는 않았지만 금속 등 제조업 대공장 중심의 민주노총은 교육노동자인 내게는 어쩔 수 없이 버거웠다. 특히 내로라하는 노동운동의 최고 활동가로 구성된 사무총국을 운영하는 것은 쉬운 일이 아니었다. 학교에서 담임하던 때를 떠올리며 총국 성원들의 생일에 책을 한 권씩 선물한다거나 회의 시작할 때 시를 한 편씩 읽어준다거나 하는 것이 나는 자연스러웠는데 아주 신선하고 특별하게 받아들여졌던 것 같다. 사무총장이 마치 학교 때 담임 선생님 같다며 낄낄거리기도 했다.

그때 사무총국에는 아주 젊은 활동가들이 몇 있었고, 나는 그들과 특별히 가까이 지냈다. 대학을 갓 졸업하고 노동운동에 투신한 것도 대단한데 최저임금도 안 되는 활동비를 받으며 어려운 여건 속에서 최선을 다하는 모습이 학교에서 가르쳤던 제자를 보는 것 같았다. 나는 이 젊은 활동가들과 가끔 막걸리도 마시며 우리 노동운동의 새로운 미래를 구상하기도 했다. 그리고 그것을 '민들레 프로젝트'라 이름 붙였다. 내 문학적 감수성 때문인지 나는 무슨 사업에도 비유적이고 상징적인 이름을 붙이기를 좋아했다. 지금 그 구체적 내용은 기억에서 거의 사라졌지만 되살려보면 사회적 경제를 기반으로 하는 협동조합 형태의 공유경제 구조를 만들어 자본 중심에서 탈피, 사람을 중심에 두어야 극심한 노사 간의 대립이나 갈등도 해소할 수 있지 않을까 하는 내용이었던 것 같다.

민들레 프로젝트라 이름 붙인 것은, 우선 내가 민들레를 무척 좋아하기 때문이다. 흔하면서도 예쁘고 짓밟히면서도 잘 자랄 뿐만 아니라 나물이나 약재 등 쓰임도 많은 민들레. 고난과 역경의 세계사 속에서 제 몫을 하며 살아온 우리 민중의 모습과 꼭 닮았다는 생각이 든다.

새봄을 맞아 여기저기서 톱니처럼 싱싱하고 강한 잎을 내밀고 노랗게 혹은 하얗게 꽃을 피우는 민들레. 민들레꽃처럼 나도 언제나 그렇게 살아야겠다 다짐해본다.

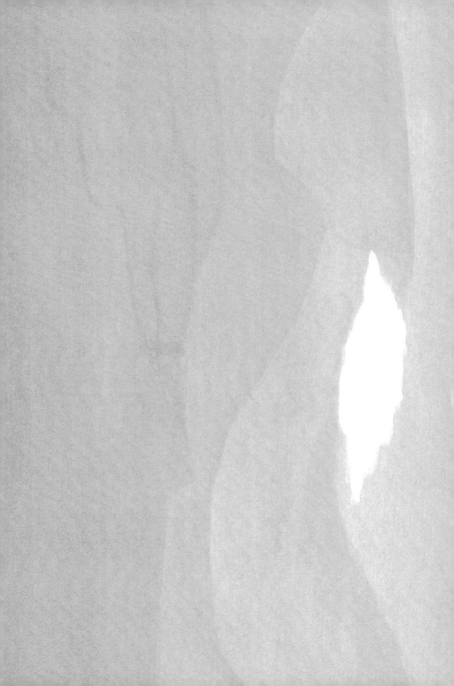

설날 아침

─────────

셋째가 나고 배밀이하던 둘째는 일어서고 첫째는 유치원
2년차가 되어 제법 의젓하다. 이 아이들에게 졸지에 할아비가
된 나는 누구인가? 누구여야 하는가? 이 애들의 어미와 아비인
내 아들과 딸들, 새로 태어나는 그들 앞에 나는 어느새 딱딱해
진 껍질 허물이라도 벗어야 하는데 나이만큼의 가속도로 시간
은 빠르게 달려가고만 있다. 무엇을 줄 것인가? 돌아봐도 가진
것은 없고. 험한 물살 건널 수 있는 징검다리, 흔들리지 않는
돌덩이라도 하나 되어야지 하는데 마음보다 몸은 저만치 뒤에
있다.

아침햇살이 참 곱다. 어느 날이나 별로 다름이 없어 보이
나 일흔 즈음. 그래도 뭔가 다른 새로운 날, 오늘은 설날이어서
더욱 그렇다. 언제부턴가 독립해서 따로 살고 있는 아들, 딸들
곧 닥치리라. 짝을 이루었으니 손잡고 오리라. 첫째와 둘째는
귀여운 손녀들도 앞세우고 아장아장 오리라. 참 고마운 일이
다. 그렇게 아장거리던 아이들이 어느 사이 어른이 되어 도리

어 내 걱정을 한다. 온 마음으로 뜨겁게 정성스레 하는 염려가 바람이 불어오듯 물결이 밀려오듯 그렇게 잔잔하게 때론 거세게 안겨온다.

세배를 하리라. 무슨 덕담을 할까? 얘들아 내가 세상 살아보니 그거 별거 아니더라. 그냥 하루하루 즐거운 마음으로 최선을 다해라. 그 나날이 모여 너희들 삶이 되는 것이니 결과에 너무 집착하거나 염려하진 말아라. 다만 언제나 부드럽고 착하게 살아라. 부드러우면 경쟁에 뒤지고 착하면 가난할 수밖에 없다고 다들 말하더라도. 온 세상을 밝히고 따뜻하게 하는 햇볕도 직선처럼 꼿꼿해 보이나 자세히 보면 파장으로 이루어진 부드러운 곡선이고, 마침내 바다에 이르는 긴 강도 굽이굽이 산을 돌고 바위를 끼고 모양대로 착하게 흘러 들도 만들고 온갖 생명들 그 언저리에 깃들어 오순도순 살게 하지 않니? 너희들도 부디 형제자매 살갑게 지내고 함께 사는 이웃과는 따뜻하게 손잡고 그렇게 정답게 살도록 애써라. 너희들이 잘 살아야 마을도 활기차고 마을이 건강해야 너희들도 행복한 것이니 어차피 우리는 공동체로 살아야 하니 그 정신에 충실해라.

너희 증조할아버지, 증조할머니께서 설날 아침 내게 해주시던 말씀이다. 나도 1년에 한 번 하는 잔소리다.

정아와 홍시

나무에서
따가운 햇살 받으며 바람에 흔들리며
잘 익은 감은
그대로 두어도 따 두어도
말갛게 홍시가 된다
온갖 아집이나 잡다한 고민
때론 겉치레나 위선 같은 것
이런 것들 다 삭아
속살 부드러워지면
껍질은 한없이 얇아지고
씨앗은 더욱 딴딴해진다
아, 그렇게 되면
그냥 나무에 달려
까치밥이 되어도 좋고
쌀독이나 소쿠리에 담겼다가
아이들 간식거리가 되어도 좋겠다
일흔 즈음 이 나이에
아직도 정아(頂芽)를 가다리는 건 노욕
누군가 맛있게 먹어주기를 기다리는 홍시처럼
그렇게 나날이 떫은맛을 덜어내며

묵은해를 보내고
새해를 맞고 싶다

어느 노인의 경우

2009년 일흔둘의 나이에 불에 타 돌아가신 이상림 씨를 아시는지?

시골에서 올라와 용산역 맞은편 한강로 2가에서 20여 년을 남의 가게 빌려 음식점 하며 어렵게 먹고살며 아이들 공부시킨 이상림 씨. 나이 들어 이제 겨우 자리잡고 막내아들 부부와 호프집도 운영하며 좀 살게 됐는데 어느 날 사는 곳이 졸지에 허울 좋은 '도시환경정비사업지구'가 되면서 땅 주인 건물 주인 모두 보상받고 사라진 자리에 홀연 남은 이상림 씨. 엄청난 권리금 날리고 하루 벌어 하루 먹는 삶의 터전마저 빼앗기고 이전비 몇 푼에 알거지로 쫓겨나게 된 이상림 씨.

갈 데도 올 데도 없는 이들, 건물 시공할 때까지라도 편안하게 영업하고 공사할 동안 장사할 가건물이라도 마련해달라는 소박한 요구. 손이야 발이야 매달렸건만 발주자는 말할 것도 없고 시공업체도 구청도 시청도 "나는 모른다", "내 책임 아니다" 발뺌만 했을 뿐. 철거 용역 깡패 보내 욕설에 위협에 못

89

살게 하는데 경찰은 오히려 그들을 비호하며 불법을 방조하니 억울하고 분해서 살 수가 없었던 이상림 씨. "이 엄동설한에 이 대로 물러나 갈 곳도 없으니 우리도 힘을 모아 싸울 수밖에 없다" 하고 나섰던 일흔 노인 이상림 씨.

모두가 피눈물 흘리며 생존권 결의를 다지는데, 누군가는 앞장서 대표가 돼야 하는데, 결국 나이 젊고 똑똑한 그리고 그곳에서 오래 장사한 이상림 씨 아들 몫이 되었다. 용산 4지구 철거민비상대책위원회 위원장이 된 그는 함께 살기 위한 길 찾아 이리저리 뛰던 중 결국 결사항전의 외길밖에 없어 남일당 옥상에 망루를 설치했는데. 살기 위해 땅에서 쫓겨 하늘로 올라가 "여기 사람이 있다" 외치기라도 하기 위해서였다.

그런데 이명박정부는 억울한 철거민의 피울음을 듣기는커녕 갈 데 없는 사람들이 옥상으로 올라간 지 하루도 지나지 않아 서울청장 김석기를 앞세워 경찰 대테러특공대를 투입, 강제 폭력진압에 나섰다. 체감온도 영하 30도를 밑도는 한겨울 심야에 얼음물대포를 쏘아댔다. 크레인까지 동원한 공중침투와 다량의 인화물질로 심각한 위험이 예측됐는데도 엄청난 숫자의 경찰 체포조를 올려 보내 갈 곳 없고 힘없는 철거민을 대상으로 잔인한 대테러 진압작전을 펼쳤다. 끝내 염려했던 화재가 발생하고 삽시간에 아수라장 되어 철거민 다섯 명과 경찰 한 명이 비명에 가고 많은 사람이 다치는 참사가 발생했다. 분명 여러 규정과 관례를 어기며 동절기 야간에 폭력적 강제 진압을 자행한 대한민국 경찰의 미필적 고의의 살인 행위였다.

그때, 일흔둘 이상림 씨도 불에 타 죽었다. 그 밤 망루에 오르면서 이상림 씨는 아들에게 "오늘은 내가 가서 밤을 새며 지킬 테니 너는 좀 편안하게 자라. 나는 이제 잠도 없지 않니" 하고 웃으며 나섰다. "그래도 아버지는 들어가서 좀 쉬세요" 강권하는 아들 손 뿌리치고 뚜벅뚜벅 망루로 올랐다.

이제 나도 이상림 씨 나이가 됐다. 만약 내가 그 상황이었다면 어땠을지.

참꽃

내 어릴 적 살던 산골 마을에서는 진달래꽃을 참꽃이라 불렀다. 6·25전쟁이 끝나고 얼마 되지 않은 때였고 아버지는 마을에서 더 산속으로 들어가야 있던 중석광산의 광부였다. 내가 초등학교에 입학할 무렵이었는데 마을 전체가 가난했고 우리 조무래기들은 늘 배가 고팠다.

그래도 철 따라 산과 들, 내에는 먹을 것들이 많아 우리는 떼 지어 열심히 찾아다녔다. 강에 얼음이 풀리고 땅이 녹기 시작하는 이른 봄, 우리는 괭이며 호미를 들고 양지바른 야산을 누비기 시작했다. 칡넝쿨의 마른 줄기를 찾아 칡뿌리를 캐서 한 입 베어 물면 달짝지근한 칡물이 입 안에 가득했다. 한참 씹다보면 주둥이가 시퍼레지는데 서로 보고 낄낄거리며 시간 가는 줄 몰랐다.

4월이면 잎도 나기 전에 산골짝 여기저기 붉은 꽃이 피기 시작하는데 바로 참꽃이다. 동무들과 이 골짝 저 골짝 몰려다니며 꽃잎을 훑어 먹기도 하고, 꽃이 많이 달린 가지를 꺾어 꽃

방망이를 만들어 누가 더 크고 멋진가 자랑하기도 했다. 또 꽃술을 하나씩 골라 서로 걸고는 누구 것이 끊어지나 내기도 했는데, 고르는 재주가 없는지 당기는 요령이 부족한지 나는 늘 졌다. 그래서 나는 어렵게 꺾어서 만든 꽃방망이를 빼앗기곤 했는데, 아마 내가 내기를 싫어하게 된 것도 그때부터 아닌가 싶다.

참꽃은 우리 조무래기들의 간식이었고, 놀잇감이었다. 참꽃이 무리지어 핀 산등성이는 우리들의 놀이터였다. 참꽃이 지며 가지에 잎이 나고 묏등에 뾰족뾰족 삘기가 올라올 때면, 참꽃과 비슷한 꽃이 더 크고 화려하게 잎 사이에서 피었는데 그것을 개꽃이라 불렀다. 뒤에 알고 보니 산철쭉이었는데 먹을 수가 없어서 그렇게 불렀던 것 같다. 당시 우리에겐 먹을 수 있는 게 진짜였고 최고였다.

서른 즈음에 나는 서울 수유리 신일중·고등학교에 근무하게 됐는데 거기서 멀지 않은 곳에 4·19묘지가 있었다. 매년 4월이면 참배객들이 줄을 이었다. 나도 학생들을 데리고 그곳에 가곤 했다. 그 무렵이면 묘역 주변 산기슭엔 참꽃이 한창이었는데 우리는 묘지 앞에서 묵념하며 노래를 불렀다.

"눈이 부시네 저기 난만히 묏등 마다/ 그날 쓰러져간 젊은 날의 꽃 사태가/ 맺혔던 한이 터지듯 여울여울 붉었네// 그렇듯 너희는 지고 욕처럼 남은 목숨/ 지친 가슴 위에 하늘이 무거운데/ 연련히 꿈도 설워라 물이 드는 이 산하".

이영도 시인의 시조에 한태근 선생님이 곡을 붙인 〈진달래〉라는 노래인데, 그 당시 4·19 묘역에선 모두가 이 노래를 불렀다. 신일고등학교 음악 교사였던 한태근 선생님과 나는 한동안 같이 근무했다. 한태근 선생님은 늘 윤이상 선생님의 제자라는 사실을 자랑스러워 하셨다.

선생님은 1928년 밀양에서 태어나 일제강점기 만주에서 어린 시절을 보내며 용정에 있는 광명중학교에 다녔는데, 시인 윤동주와 문익환 목사 등이 다닌 학교였다. 꽃도 그렇지만 사람도 어디에서 누구와 어떤 조건으로 함께 자라는가는 아주 중요한 요소인 것 같다. 지금 생각해보아도 한태근 선생님은 말수는 적었지만 참 멋쟁이였다. 1986년 내가 교육민주화선언의 주도자로 몰려 정부의 탄압으로 사립학교 재단으로부터 파면 위기에 몰렸을 때, 여러 선생님들과 함께 맞서 싸워 징계를 막아주셨다.

오래 전 백기완 선생님께서는 심장병 치료 차 독일에 가신 적이 있었다. 자연스럽게 독일의 여러 인사들과 만날 수 있는 기회도 됐다. 그 중 한 분이 음악가 윤이상 선생님이었다. 윤이상 선생님은 백 선생님보다 연배가 상당히 위였음에도 공항까지 마중을 나오는 등 정성스럽게 맞아주셨다 한다. 군사독재정권에 맞서 싸우다 혹심한 고문도 당하고, 그 고문 후유증으로 심장병까지 얻어 고생하는 걸 알고 그렇게 깍듯이 대하셨던 것이다.

윤이상 선생님 초대로 윤 선생님 댁엘 갔는데, 그 집 뜰에 진달래가 한 포기 있어 백 선생님이 관심을 보였더니 북한을 방문하고 어렵게 얻어온 한국 진달래라고 일러주셨단다. 그 꽃을 보며 어릴 적 고향 산천의 진달래를 떠올리며 위로를 받는다는 이야기를 하셨다고. 그 이야기에 마음이 찡했다는 말씀을 해주셨다.

내 어릴 적 참꽃인 진달래는 우리 강산 어디에서나 봄을 알리며 가장 먼저 핀다. 추운 겨울이 끝나가고 있다는 걸 미리 알려주는 셈이다. 먹어도 먹어도 배고프던 꽃, 강산 어디에서나 가장 흔하게 피어나는 진짜 꽃 참꽃, 진달래는 언제나 우리 곁에 있다.

지하철을 타며

   '보편적 복지'라는 어려운 듯 쉬운 말을 요즘에야 확실히 깨닫고 살고 있다. 대한민국에서 태어나 65년을 세금 내고 군대 가고 교육 받으며 열심히 산 보람으로 여자든 남자든 부자든 가난하든 전철은 공짜라는 사실, 그 사실이 주는 평등이라는 자부심, 기쁨. 이제는 벌이도 끊긴 대다수 역전의 노병들, 나라가 손잡아주고 보살펴준다는 느낌…. 아무 부담 없이 한 5년 공짜 전철을 타보고 나니 그 흔한 '국민'이라는 말이 은근히 자랑스럽게 느껴지기도 한다. 누군가는 지하철 공짜로 타는 어른들을 '지공대사'라 부른다는데, 아무튼 젊은 세대들로부터 인정받고 대접받는 느낌이 들어 고맙기도 하고 좀 어른답게 살아야지 하는 각오도 생긴다.

   그런 한편 전철 없는 지방에 사는, 한평생 같은 고생하며 함께 늙어온 친구들, 평소 다니는 길이나 다름없는 버스라도 공짜로 타게 해야 가까운 나들이라도 마음 놓고 할 수 있을 텐데 안쓰러운 생각이 든다. 서울 사는 나는 느지막이 아침 먹고 아무 역에서나 전철을 타기만 하면 인천은 말할 것도 없고 춘천이든 천안이든 문산이든 양평이든 전철 닿는 곳이면 어디나 마음대로 가서 볼일도 보고 온천도 하고 국밥 한 그릇 사 먹고 차도 마시고 느긋이 돌아와도 큰 부담이 없는 것이다. 이거야 말로 나라가 제 노릇을 하는 게 아닌가? 어린이나 학생, 청소년, 그리고 구직 청년들에게도 이런 정도의 혜택이 있어야 최소한의 '나라'가 아니겠는가 생각하는데, 시골에서 농사 짓고 사는 내 어릴 적 동무 얼굴이 자꾸 떠올라 괜히 미안해진다.

시골과 도시의 정책 차별이 심해 어려움을 겪는 사람들. 먹고살고 아이들 공부시키기 힘들어 농어촌이든 산촌이든 고향마저 버리고 도시로 더 큰 도시로 몰리기만 하는데, 그래서 언제부턴가 우리 시골 마을은 아이들 울음소리마저 끊겨 그야말로 적막산천이 되었는데. 교통에서 거의 유일한 보편적 복지인 공짜 전철 제도를 시골의 관내 버스에라도 적용해야 한 나라 안에서의 형평의 원칙에도 맞는 것이 아니겠는가?

어느 지방의 도지사는 초중등 학생들에게 주는 무상급식마저 빨갱이 정책이라며 "어떻게 재벌 아들에게까지 공짜 밥을 주느냐"고 길길이 뛰며 게거품을 문다니 기가 차고 코가 막히지 않을 수 없다.

퇴근 지하철에서

일혼이 되어 생각한다. 좀 천천히 걷되 더 곧고 무겁게 걸어야겠다고. 그러면서도 경쾌해 보이면 얼마나 좋을까?

더불어, 다른 사람 시선에서도 좀 자유로웠으면 좋겠다. 내 책임의 위치는 어딘지 나의 한계는 어딘지 그 자리를 찾아 나를 세우고 싶다. 귀는 활짝 열고 입은 닫되 가끔 열더라도 부드럽고 또 부드러웠으면 좋겠다. 내 확고한 판단과 주장은 대부분 오만과 고집임을 깨닫고 나를 내세우기에 앞서 어린아이를 사랑하고 청소년을 이해하며 청년들과 함께할 수 있었으면 좋겠다. 내 침침한 눈처럼 사물을 또렷이 볼 수 없음을 인정하고 그에 근거한 판단도 오류일 가능성이 높음을 인정해야 한다. 생각이나 사고도 이와 같아서 아무리 힘들여 가꾼 나무라 하더라도 계속 물 주고 돌보지 않으면 열매는 말할 것도 없고 꽃도 피우기 힘들다는 사실을 매일 깨달아야 한다.

아침에 눈 뜨면 더 고마워하고 무슨 소리가 들리든지 기뻐하고 하루를 아침햇살처럼 시작했으면 좋겠다. 낮이 지나갈 때 조금은 지루하더라도 짜증내지 않고 또 어둠이 내리면 그 하루도 충만했으면 좋겠다. 잠들 때 불면을 두려워하지 않고 어둠이 영원으로 이어져 눈뜨지 못하더라도 남은 내 자리가 깔끔했으면 좋겠다.

퇴근 시간 복잡한 지하철에서 이런저런 상념에 빠졌다가 나도 이제 일흔이니, 하며 임신 장애 노약자 자리에 엉덩이 들이미는데…. 하루 종일 얼마나 시달렸는지 지하철 손잡이에 알바생인지 구직잔지 한 청년의 삶의 지친 무게가 젖은 빨래처럼 걸쳐져 있다.

'얼마나 무엇을 더 포기해야 이 땅에서 살아갈 수 있을까요?'

공허한 눈망울에 초점이 없다. 어떻게 된 세상이 네가 겨우 앉을 자리 하나도 없단 말인가? 살 만큼 산 내 자리가 중요한 게 아니라 앞으로 살아가야 할 네 자리가 필요한데 너에게 줄 수도 없는 자리 앞에서 엉거주춤 앉지도 못하고 머뭇거리는데 "다음은 노량진역입니다" 안내 방송에 주섬주섬 문으로 향하는 네 귀에는 "알바생이나 공시생들은 내리시기 바랍니다" 그렇게 들리는 모양이다.

내 젊은 벗 유진에게

험하고 힘든 정치의 길에 나서는 사랑하는 유진아
서른 중반 청년 너는 누구인가
누구여야 하는가
문득 호손의 어니스트였으면 좋겠다는 생각이 든다
끊임없이 소원하고 실천하는 사이에
그 마을 민중들은 기다리던 전설의 큰바위얼굴을
그에게서 발견하는 기쁨을 누리지 않았니
부디 조급해하거나 서두르지 말아라
설마 이번에 금뱃지를 기대하는 건 아니겠지
그러는 순간 개표가 끝날 때쯤
너의 모든 것도 끝나버릴 것 같구나
환호하고 안주하며 자리보전에 급급하거나
실망하고 한탄하며 포기해버릴까 두렵다
이제 큰 결심하고 발을 들여놓았으니
함부로 포기하거나 대충할 생각은 말아라
나는 아름다운 청년 정치가 유진을 지지하고 응원하는 것
이지
어느 젊은 국회의원 후보를 편드는 것이 아니다
우리 중에 누가 말했듯 정치를 하려거든
네 사는 마을에서 바닥부터 기면서 시작해야 한다는

그 뼈아픈 충고를 잊지 말아라
그러나 비례대표제도 제대로 하면 좋은 제도여서
네가 그 길을 고민 끝에 신념으로 선택했다면
나는 기꺼이 동의한다
다만 나는 청년을 대표하는 너의 이번 출마를 통해
유진을 뛰어넘는 청년유진현상을 보고 싶다
아니 그렇게 만들어야 한다
청년의 이름으로 해야 할 일이 얼마나 많니
네가 힘차게 나서는 그 길에
나도 어깨 걸고 함께하마
그리고 우리는 어느 날 유진의 얼굴에서
큰바위얼굴의 모습을 보게 될 것이라 믿는다

두 제자 이야기

────────────

"이수호 선생님, 안녕하십니까? 70년대 초 경북의 어느 조그만 중학교에서 처음 뵈었을 때, 철없던 빡빡머리 단발머리 학생들을 회초리로 가르치시던 선생님의 모습을 생각하면서 항상 우리들의 선생님을 존경해왔습니다. 그로부터 많은 시간이 흘렀지만 지금도 선생님을 존경하는 은사님으로 생각하고 있는 동문들이 많이 있는 것으로 알고 있습니다. 저 역시도 그렇게 살아왔고요. 여느 행사장에서 선생님을 뵐 때면 고마움에 먼저 인사하곤 했었지요. 그런데 말입니다. 저는 이제부터 선생님을 존경하지도 선생님이라고 생각하지도 않기로 했습니다. 그 이유는 선생님은 교육자에서 변절하여 정치인이 되었고 선생님의 그 이상주의적 교육이 오늘날의 우리 학생들의 가치관과 정체성마저 멍들게 하였으며 자라나는 대한민국의 2세들을 망쳐버렸기 때문입니다. 전교조 노조위원장. 이것은 선생님에게 처음부터 어울리는 직함이 아니었지요. 실망스럽고 후회스럽고 지금은 그러네요. 대한민국에 수많은 예술가들이 있고 나름 최선을 다했을 것입니다. 그럼 국가는 그 모든 사람을 다 잘살게 하고 성공하게 했어야 하나요? 인류의 어느 국가가 그런 국가가 있습니까? 세상에 어느 누가 남보다 뒤지려고 노력하는 사람이 있을까요? 이제 모든 것을 내려놓고 그만하세요. 그만큼 대한민국 교육을 망치는 데 일익을 담당했으면 반성하고 지금이라도 법을 지키고 정의를 구하라고 이야기해야 되는 것 아닌가요. 제발 부탁드립니다. 이제 그만하세요. 오늘 이 글이 스승과 제자로서의 마지막 글입니다. 꾸벅."

어느 주간지에 쓴 비정규직 청년 공연노동자 얘기를 페북에 올렸는데, 거기 댓글로 달아준 어느 제자의 글이다. 얼마나 안타까웠으면 이렇게 실명으로 진지하게 올렸을까, 그의 눈에 비친 내 모습을 찬찬히 돌아보았다. 마음이 몹시 아팠다.

그리고 며칠이 지난 뒤, '노조하기좋은세상운동본부' 출범 기자회견에 참석했는데, 거기서 신일고등학교 때의 제자를 만났다. 사범대학을 나와 소원대로 교사가 된 제자였다. 같은 국어 과목이어서 더욱 애착이 갔다. 그런데 이 친구가 발령을 받자마자 전교조 조합원이 되었다는 얘기를 들었다. 사립이어서 여러 가지로 힘들 텐데, 하면서도 왠지 기분이 좋았다. 그리고 시간이 아주 많이 흐른 뒤, 그를 전교조 대의원대회 행사장에서 만났다. 본부 상근임원이 되어 있었다. 놀랍기도 하고 반갑기도 했다. 속으로 제자가 임원이 된 사실이 뿌듯하기도 했다.

박근혜정권은 전교조를 법 밖으로 몰아냈다. 전임 상근을 허용하지 않았다. 그러나 전교조는 굴하지 않았다. 해고를 각오하고 간부를 중심으로 상근자로 남았다. 그 친구도 그 길을 선택했고, 결국 학교재단으로부터 해고됐다. 해직교사가 된 것이다. 그를 전교조 법외노조 반대 농성장에서 만났는데, 안타깝게 바라보는 나에게 "선생님에 비하면 아무 것도 아니잖아요. 그리고 선생님이 삶으로 가르치셨는데 제가 어쩌겠어요"하고 씩 웃는 것이었다. 마음이 몹시 아팠다.

촛불시민혁명으로 세상이 바뀌었다. 정권도 바뀌었다. 그 과정에서 지난 정권의 적폐도 드러났다. 민주노동운동에 대한 탄압은 상상을 초월하는 것이었다. 민주노총과 전교조를 종북세력으로 몰아붙이며, 정권 쟁취와 유지를 위한 이념의 희생물로 삼았다. 노동 개혁이란 이름으로 헌법이 보장하는 노동기본권을 무시하더니, 몇 명의 해고자 조합원을 핑계 삼아 행정 지침으로 '노조 아님'을 통보하고 전교조를 법 밖으로 쫓아내기까지 했다. 그 와중에 제자는 해직교사가 된 것이다. 촛불시민혁명에 의해 그동안의 모든 잘잘못이 드러났음에도, 부당한 피해자들의 원상회복은 이루어지지 않고 있다. 내 제자를 포함한 많은 전교조 해직교사들은 언제나 복직이 이루어질는지.

애초에 잘못된 길을 갔으니 이제라도 돌아서라는 제자나 선생님 뒤를 따라 걷다보니 해직교사가 됐는데 부끄럽지 않다고 하는 제자나 내게는 모두 아픔이다. 그동안 좀 더 나은 세상 만들겠다고 열심히 뛰었는데, 돌아보면 세상은 별로 달라진 것도 없다. 우리네 삶은 더 어려워지기만 한 것 같다. 그래도 두 제자, 부디 아프지 말고 내내 건강하기를….

총회의 계절

2월 중순이 지나면 여러 단체의 총회가 시작된다. 노동조합도 마찬가지. 총회와 맞먹는 대의원대회가 이 시기에 집중적으로 열린다. 내가 바빠지는 계절이다.

내가 이사장을 맡고 있는 전태일재단이나 이주노동희망센터는 회의 준비에서 진행까지 신경써야 하니 부담이 크다. 고문이나 이사, 지도위원 등으로 참여하고 있는 다른 단체들의 경우도 다르지 않다. 총회나 대의원대회 날은 참석해서 최소한 덕담이라도 한마디 해야 한다. 그러니 그 부담도 장난이 아니다. 요즘은 나도 모르게 말을 시작하면 중언부언 길어지고 말꼬리가 횡설수설 늘어지는 것 같은 느낌이 들어 길어도 오 분을 넘기지 않으리라 작심하고 원고를 미리 작성해 읽는 등 고군분투하고 있다.

내 친정인 전교조의 대의원대회 격려사를 부탁받았다. 당시 박근혜정권에 의해 법 밖으로 밀려날 위기 앞에서 대의원대회 분위기는 무겁고 긴장감이 팽팽했다. 이런 상황에서 후배들에게 무슨 말을 할 수 있단 말인가? 나 같은 선배들이 조금만 더 잘했더라면 오늘의 어려움과 고통을 넘겨주진 않았을 텐데, 안타까움과 회오가 파도처럼 밀려왔다.

그래도 어떻게 할 거냐? 사회와 역사는 정반의 길항 속에서 요동치며 몸부림하는 것인데 지금 세태가 반사회 반역사가 더 강해서 우리의 삶이 억압당하고 뒷걸음친다고 원망하고 한탄하며 포기할 수는 없는 일이니 부디 사랑하는 후배들이여, 어려운 때일수록 처음으로 돌아가 근본과 원칙을 중히 여기고 노동조합의 첫째인 단결을 마음에 새기며 강고하게 똘똘 뭉쳐 모두 함께 어깨 걸고 힘차게 나서야 하지 않겠니? 하며 30년 전 전두환시절 언 땅을 뚫고 솟아오르는 새싹처럼 움텄던 교육민주화선언의 첫 구절과 3년 뒤 그 싹이 자라 푸르게 교육현장을 뒤덮었던 전국교직원노동조합 결성 선언문 마지막 단락을 읽는데 나도 참을 수 없어 울먹거리고 후배들도 눈시울이 뜨거워졌다. 부끄러우면서도 알 수 없는 뜨거움이 밀려 올라왔다.

마지막 순서로 위원장을 비롯하여 지부장 등 간부들이 앞으로 나와 '단결투쟁' 붉은 띠 머리에 불끈 매고 투쟁 결의를 다지는데 앞에 앉아 있던 나에게 누가 다가와 그 고운 붉은 머리띠를 내밀며 "선생님도 매셔야죠" 하며 벗어진 내 머리에 질끈 동여매주는 것이었다. 얼떨결에 머리를 맡기며 쳐다보니 자랑스러운 전교조 부위원장 김용섭, 내 신일고등학교 때 제자가 아닌가? 오랜만에 현역으로 돌아가 제자가 준 머리띠를 매고 후배들 사이에 서서 단결투쟁가를 함께 힘차게 부르는데 갑자기 시야가 흐려지고 뜨거운 눈물이 흘렀다.

김용섭 부위원장도 이듬해인가 박근혜정권의 탄압에 의해 학교에서 쫓겨나 해직교사가 됐다. 다른 자리에서 만나 내가 안타까워하니 이 친구 씩 웃으며 가볍게 말하는 것이었다.

　　"선생님, 괜찮아요. 제자가 선생님 발자취 따라가는 건 당연한 일이잖아요. 그래도 선생님 때보다는 지금 세월이 괜찮아서 버틸 만해요. 당당하게 싸워서 복직할 테니 너무 걱정 마세요."

　　오히려 그가 내 걱정을 했다.

강의

2012년 12월 19일 밤은 몹시 추웠고 우울했다. 박근혜가 대통령이 되었고 나는 서울시교육감 선거에서 떨어졌다. 내 실패보다 문재인이 떨어진 것이 더 아팠다. 내 아픈 마음을 위로하려고 많은 분들이 전화를 했는데 수도권 대학의 총장인 후배도 그들 중 한 사람이었다.

이런저런 얘기 끝에 "위원장님 머리도 식힐 겸 우리 대학에 와서 강의를 좀 해주시죠. 특별한 대우는 못 해드리지만 젊은 학생들 만나면 새 힘이 나실 거예요" 하는 것이었다. 정성으로 권하는 후배 총장의 마음도 고마웠지만, 오랜만에 젊고 풋풋한 학생들 앞에서 하고 싶은 말을 할 수 있다는 유혹을 떨쳐버리지 못하고 덜컥 승낙해버렸다.

인문학 교양강좌로 교재와 내용은 자유롭게 알아서 하라는 말에 만만하게 생각했으나, 구체적인 강의계획서를 내라는 연락을 받고는 정신이 번쩍 들었다. 인터넷을 뒤지고 서점을 방문하고 친구 교수로부터 조언을 듣고 드디어 교재를 선택했다. 신영복 선생님의 『강의』였다.

내가 감옥살이를 하며 읽었던 『감옥으로부터의 사색』도 깊은 감명을 주었지만, 성공회대 교수 시절 강의 내용을 정리해 책으로 출판한 『강의』는 따라 읽으면 저절로 공부가 되는 아주 좋은 동양철학 입문서였다. 내가 나름대로 알고 있던 고전에 대한 새로운 관점을 제시해주었다.

3월 첫 주 첫 강의를 위해 길을 나섰다. 9시 1교시 시작이었는데 6시 반에 집을 나섰다. 대학이 천안에 있었기 때문에, 지하철을 타고 서울역으로 가 천안역으로 향했다. 천안역에 도착해 다시 지하철로 갈아타는 여정. 집에서 나와 석계역까지는 마을버스를 타야 했기에 연결 정도에 따라 시간 차이가 상당히 생겨 여유 있게 나서지 않으면 낭패하기 십상이었다. 민주노동당 활동도 접고 교육감 준비하느라 1년 이상을 좀 여유 있게 지내다가 선거를 치열하게 치른 뒤 한 세 달은 맥을 놓고 있었는데 강의 부담을 안고 이른 아침 길을 나선다는 것이 여간 어려운 일이 아니었다.

오랜만에 학생들과 어깨를 나란히하며 교정을 걷자 기분이 묘했다. 외래교수 사무실에 도착하니 미리 와 계신 교수가 몇 분 있었는데 그 중 한 분이 반갑게 맞아주셨다. 나처럼 시간강사인 모양인데 어디서 본 듯한 얼굴이었다. 그런데 도통 기억이 나지 않았다.

"선생님 저 기억 안 나시죠? 신일 졸업한 정재석입니다. 저도 이 학교에서 강의하고 있는데요. 선생님 강의 나오신단 소식 듣고 무척 반가웠어요. 근데 선생님 오랜만에 뵈어도 별로 안 늙으신 것 같아요. 예전 모습 그대로이시네요."

밝은 얼굴로 살갑게 대하는 통해 내 긴장이 조금 풀리는 듯했으나 오히려 다른 분들에게 미안했다. 가끔 오랜만에 제자를 만나면 마치 그 시절로 돌아간 듯한 착각에 빠져 주위 분위기도 잊은 채 떠들곤 해서 민망할 때가 있는데 바로 그런 경우가 된 것이다. 교사생활과 교육운동, 노동운동, 진보정치운동을 묶어 도전한 교육감 선거에서 실패하고 새로운 방향을 잡기 위해 숨 고르기를 하러 왔기에 아무도 모르게 조용히 지내려 했는데 첫날부터 사무실이 시끄럽게 되었다.

쉰이 넘은 정재석 교수도 몇 개 학교를 돌아다니며 강의를 하는 이른바 생계형 비정규 교수였다. 스스로 '보따리 장수'라 비하하며 직업 시간강사의 비애를 얘기했으나 밝고 명랑했다. 강의실에 들어서면 자기를 선택해준 학생들이 고맙기도 하고 가르치는 내용이 재미있기도 해서 자기도 모르게 열강을 한다며 은근히 자랑도 했다. 정 교수는 나를 스승으로 깍듯이 대우하며 선배 교수로 다른 교수들께 나를 과도하게 소개하는가 하면 학생들의 처지나 태도 등을 얘기하며 강의 시간에 내가 어색하지 않도록 조언해주기도 했다. 점심시간에는 기다렸다가 일부러 나를 데리고 학교식당을 비롯한 주변 맛집까지 소개하며 대접하곤 했다.

자칫 피곤할 수도 있는 강사 생활을 재석이가 정성으로 풀어주었다. 이후 강의가 있는 날 아침 일찍 집을 나서며 새로 사귄 학생들과 정재석 교수의 얼굴을 떠올릴 때면 힘이 나곤 했다.

나는 신영복 선생님의 『강의』를 젊은 친구들과 같이 읽으며『시경』, 『서경』은 말할 것도 없고 논어, 맹자, 노자, 장자를 다시 만나고, 묵자, 순자, 한비자를 새롭게 알게 됐다. 다양한 예시 문장을 통해 관계론적 사고를 재조명할 수 있도록 구성한 내용은 거칠어진 내 마음밭에 촉촉이 내리는 단비와 같았다. 대학 강의는 1년 만에 끝났지만 신영복의『강의』는 내 인생의 길잡이가 되어 제자이자 선생인 정재석 교수와 새로 만난 젊은 벗들과 함께 언제나 마음속에 있다.

은사님 부음을 듣고

───────────────

올해 93세, 고등학교 은사이신 김진대 선생님께서 돌아가셨다는 부음을 들었다. 내가 참 어려웠던 시기, 고1 담임으로 첫 인연을 맺은 후 우리는 이렇게 저렇게 엉키며 살았다.

선생님은 독일어를 가르치셨는데 '독진대'라는 별명을 얻을 정도로 몹시 엄하셨다. 외국어는 기초가 중요하기 때문에 더 그랬던 것 같다. 그래도 인간적으론 아주 정이 많으셔서 내가 온실 근로 장학생으로 일하는 걸 아시곤 따뜻한 격려와 함께 많은 도움을 주셨다. 졸업 후에는 대학 갈 형편이 안 되는 나를 다른 몇 분 선생님들과 함께 모교 행정실에서 일하게 하며 야간대학을 다니게 해주셨다. 전방에서 제대할 무렵에는 편지를 보내 당신이 교감으로 계시던 시골 중학교로 부르시고는 내게 교사의 길을 열어주시기도 했다.

그런데 그분은 성적 지상주의자였고 그걸 위해 뭐든 하는 분이셨다. 같이 근무하면서 내 교육철학과 맞지 않아 가끔 부딪히기도 했지만 선배 교사로서 잘 보듬어주셨다. 이후 나는 학교를 서울로 옮겼다. 정신없이 지내는 사이 나도 모르게 선생님을 잊고 살았지만 선생님은 가끔 연락을 주시며 손수 나를 챙기셨다.

　내가 교육운동 전선에 나서면서 자연스레 관계는 멀어졌다. 내 하는 일이 당신 교육철학에 맞지 않는다는 것을 내 스스로 잘 알기에 소원할 수밖에 없었다. 나는 노동운동으로 진보정치운동으로 깊이 빠져들며 선생님과는 더 멀어졌다.

　그리고 세월은 흘러 내 나이도 어언 일흔. 갑자기 선생님 부음을 받으니 여러 생각이 든다. 돌이켜보니 크게 안타까운 것은 역시 나는 선생님만큼 인간적이지 못하다는 것이다. 내 삶의 굽이굽이마다 선생님이 보여줬던 그 인간적인 모습, 그것이 때로는 내 생각과 다르고 흡족하지 않다 하더라도 그 순수한 동기와 진정성을 인정하고 함께했어야 했는데…. 진보적 입장에서 교육·노동운동의 삶을 산다고 내 스스로 잘난 척하며 그렇게 하지 못한 것이 죄스럽다.

플라타너스

해직된 지 10여 년 만에 선린인터넷고등학교(당시 선린정
보산업고등학교)로 복직했는데, 학교는 용산구 청파동에 있었
다. 1998년 2학기 시작인 9월 초였다.

전교조는 우여곡절 끝에 1999년부터 합법화되었다. 해직
상태로 조합 상근 일을 하던 우리는 모두 학교로 돌아가기로
했다. 나는 당시 전교조의 수석 부위원장이었는데 연말 조직
개편이 있기 전까지는 복직을 해서도 관련 업무를 수행해야만
했다. 어쩔 수 없이 노원구의 우리 집과 영등포 전교조 사무실
중간에 있는 선린을 선택한 것이다. 아침에 학교로 출근해 학
생들을 가르치고 퇴근하면 바로 전교조 사무실로 가서 늦게까
지 조합 일을 해야 했다.

첫 출근 날 남영역에 내려 등교하는 학생들과 언덕길을 같
이 오르자 마음이 두근거렸다. 10년 만의 첫 출근이라고 어느
방송사에서 취재까지 나와 카메라를 들이대는 바람에 더 그렇
기도 했다. 언젠가는 반드시 돌아가리라 굳게 믿고 있었지만

막상 현실이 되니 가슴이 뛸 수밖에 없었다. 한편으로는 새로 만날 교사들과 학생들에 대한 기대와 알 수 없는 두려움 같은 게 있었던 것도 같다. 그만큼 학교를 떠나 있었던 10년은 내게 너무나 긴 시간이었다.

개교한 지 100년이나 된 학교는 언덕 위에 있었다. 야구 명문답게 야구장을 겸한 운동장이 있었고 운동장을 내려다보며 낡은 교사가 을씨년스럽게 서 있었다. 투자를 제대로 하지 않은 오래된 공립학교의 전형적인 모습을 보는 것 같아 씁쓸했는데 운동장 한쪽에서 있는 우람한 나무로 눈길이 갔다. 내가 선린의 플라타너스를 처음 본 순간이었다. 잎이 크고 시원할뿐더러 웬만한 곳에서는 잘 자라기 때문에 가로수로 많이 심는 키 큰 플라타너스가 운동장 한 귀퉁이를 차지하고 당당하게 서 있었다.

북아메리카가 원산지인 플라타너스는 1910년경 우리나라에 들어왔다는데 주로 가로수나 학교 등 공공건물의 정원수로 많이 심어졌다. 원체 크고 우람하게 자라는 바람에 주변 건물이나 다른 나무들 사이에서 제대로 자라지 못하거나, 높이 자라지 못하게 가지를 잘라버려서 이상한 모양을 하는 것이 대부분인데 선린 운동장에 있는 플라타너스는 아무 제약 없이 제대로 자라 정말 크고 보기가 좋았다. 학교를 처음 지을 때 심은 것 같은데 학교와 함께 늙어가고 있었다. 여름에는 이래저래 지친 학생들에게 시원한 그늘을 내주며 편히 쉬게 하더니 교실에서 가끔 창밖을 내다보다가 만나는 이 플라타너스는 철 따라 다른 모습으로 편안하고 넉넉하게 뭔가를 안겨주는 것 같았다.

학교와 학생들은 만만치 않았다. 우리가 주장하던 참교육의 이념과 최선을 다해보려는 나의 의지는 변해버린 학교의 현실 앞에서 무참히 깨지고 있었다. 또 당시의 대학 입학 중심의 교육은 실업계 교육의 설 곳을 마련해주지 않았고 목표를 상실한 학생들은 방황하고 포기할 수밖에 없는 상황으로 내몰리고 있었다. 교실은 활기가 없었고 교사들은 절망했다. 소신지원은 드물었고 중학교 성적순에 따라 인문계 고등학교를 다 가고 남은 학생 중에 나은 학생은 공업 계열로 가고 그러고도 남은 학생이 정체성을 잃은 상업계 고등학교로 어쩔 수 없이 오는 형편이었으니 오죽했겠는가.

나는 문학을 가르쳤는데, 내가 좋아서이기도 하고 또 오랜만의 수업이라 준비도 열심히 했다. 최선을 다했음에도 너무 힘들었다. 신나는 수업은 수업을 통해 교사가 힘을 얻는데 한 시간 한 시간 할 때마다 진이 다 빠져나가는 것 같아 감당할 수가 없었다. 이러려고 내가 복직했나 하는 자책감이 들기도 했다. 학교 현장의 어려움을 절감했다. 주변 교사들이 위대해 보였다.

그러다 만난 교사가 이연심 선생이었다. 나와 같은 시기에 어느 중학교에서 전근 오신 보건 교사였다. 대학 때 동아리 활동으로 한 연극을 취미로 계속하고 있었는데 상당한 수준이었다. 전입 동기인 우리는 가끔 만나 어려움도 토로하며 고민을 나누기도 했는데 연극을 통해 아이들을 자극하고 동기를 부여하면 뭔가 생기를 찾을 수도 있을 것 같아 연극반을 만들기로 했다. '아우내'라는 연극반 이름은 내가 지었는데 유관순이

태극기를 흔들며 만세를 불렀던 '아우내 장터'에서 연상했지만 '아름다운 우리의 내일을 위하여'의 준말이었다. 선린 연극동아리 아우내는 이연심 선생의 지도로 크게 발전했고 학교 분위기를 새롭게 하는 데도 큰 역할을 했다.

그 무렵 나는 수업이 없는 시간이면 양호실에 가서 쉬기도 하며 이연심 선생과 학생들 얘기며 연극 얘기를 나누었다. 실업 학교의 문제점 등에 대해서도 토론했다. 그러면서 학교 생활에 적응하기 위해 애썼는데 그때 창밖으로 보이던, 말없이 모든 것을 주며 넉넉하게 자기 자리를 지키고 있던 플라타너스가 큰 힘과 위로가 됐던 것 같다. 언제 다시 한번 가봐야겠다.

2012년 교육감 선거 출마는 내 인생의 한 변곡점이 되었다. 교육감 출마를 위해 진보정당 당적을 포기하는 건 말할 것도 없고 여기저기 이름을 올려놓았던 운동단체 등에서도 철수를 할 수밖에 없었다. 당시 나는 곽노현 교육감의 중도 낙마가 너무 안타까웠고 모처럼 추진되던 서울의 혁신교육이 반드시 이어져야 한다는 생각에 사로잡혀 있었다. 그리고 내가 가장 경쟁력 있는 후보라고 생각했다. 곽노현을 잇는 선거였기에 우리 진보진영에서만 이기면 당연히 당선되리라는 오판을 했다. 우여곡절 끝에 진보진영 단일 후보가 되는 데는 성공했으나 보수진영도 만만치 않았다. 전직 교육부 장관을 내세워 보수진영 단일화에 성공하더니 마침 대통령선거에서도 박근혜가 문재인을 이기며 나는 참패를 했다. 힘들었지만 받아들일 수밖에 없었다.

많이 반성했다. 실력도 모자랐고 준비도 부족했다. 교사 출신이 교육감을 해야 한다는 당위와 그동안의 운동 경력 등으로 보면 내가 제일 낫겠다는 오만이 눈을 흐리게 했다. 믿고 표를 주었던 많은 분들과 함께 뛰며 선거를 같이 치렀던 동지들께 죄스러웠다. 특히 같은 전교조 출신 선배인 이부영 선생께는 더욱 그랬다.

그러나 이후 내 삶은 오히려 가볍고 자유로워졌다. 조금 여유도 생겼다. 미루었던 치과 치료도 과감하게 했다. '건강사회를위한치과의사들의모임'의 전민용 원장 주선으로, 그동안 고생했다며 거의 무료로 치료를 받았다. 이래저래 신세만 지고 살았다. 고마운 사람이 주변에 정말 많다. 한 후배는 대학 강사 자리까지 주선해주었으니 얼마나 고마운 일인가. 한 주에 하루 강의를 나가며 숨 고르기를 하고 있는데 어느 분이 갈등 해결 분야의 일을 좀 같이 해보자고 권했다. 학교 근무할 때 상담 교사 자격증 따놓은 것도 있고 개인적인 관심도 많고 해서 그러자고 하며 또 다시 일 속으로 빠져들었다. 아마도 내 팔자인가 보다 했다.

결국 한국갈등해결센터라는 단체를 만들고 나는 상임이사 역할을 맡았다. 남부주차장 부근 서초동 빌딩에 사무실을 내고 출근하기 시작했다. 일의 내용도 다르고 함께하는 분들도 전과 달라 새로웠다. 사무실 한편 창가에 내 작은 책상이 있었는데 내려다보기가 좋았다. 차들이 부지런히 달리는 큰길가에 플라타너스 가로수가 시원하게 서 있어서 더욱 좋았다.

나는 매일 창가에서 플라타너스 가로수가 철따라 바뀌는

모습을 관찰했다. 플라타너스는 가을이 되고 찬바람이 불면 푸른 잎 그대로 떨어졌다. 떨어져서야 누렇게 물드는 모습이 재미있었다. 잎이 지니 가지가 앙상해지며 까치집이 드러났다. 이른 봄 알을 낳고 새끼를 키우던 빈집이었다. 설 무렵부터 어디선가 까치가 날아오더니 집을 짓기 시작하는 것이었다. 이 도시의 한복판 매연과 골바람으로 도저히 살기 어려워 보이는 그곳에도 새로운 삶이 시작되고 있었다. 도회의 플라타너스는 새 생명의 보금자리를 제공했다.

나는 작은 책상 창가에서 플라타너스를 바라보며 생각했다. 저 플라타너스처럼 말없이 제자리에서 바람이 불면 흔들리고 눈비가 오면 그 눈비 맞으며 때맞춰 잎을 내고 꽃을 피우고 열매를 맺으며 자기에게 주어진 삶을 그대로 받아들이며 묵묵히 살아갈 수 있을까. 그 존재 자체로 누구에게는 시원한 그늘이 되고 누구에게는 따뜻한 위로가 되고 또 누구에게는 보금자리를 제공하는 그런 삶을 살 수 있을까. 바람에 흔들리며 말없이 서 있는 플라타너스에게 부끄러웠다.

옷 타령

옷방은커녕 제대로 된 옷장도 없는 주제에 웬 옷들은 이리도 많아 옷걸이 여기저기 많이도 걸려 있다. 내 돈으로 내가 산 건 별로 없고 주로 누가 선물로 주거나 사 준 것들이다.

전교조나 민주노총 등에서 치열하게 활동하던 시절엔 철따라 투쟁복 한 벌씩이면 그만이었다. 그나마도 어느 단체나 조직 행사 기념품으로 주는, 글자가 요란하게 박힌 옷들이었는데 편안하기도 했지만 옷마다 남다른 의미가 있어 함부로 하기 힘든 것들이었다. 거기다 가끔 가까운 동지들이 사 주기도 하고 속옷 등 꼭 필요한 것은 아내가 마련해 주어 언제나 부족함이 없었다.

나는 젊어서부터 그저 옷이란 몸에 맞고 많이 해지지 않고 어느 정도 깨끗하기만 하면 더 이상 바랄 것이 없다고 생각했다. 아마 추석, 설 등 명절에 빔으로 사 준 치수가 큰 옷을 입던 어린 시절이나 세탁을 자주 하지 못해 늘 지저분한 옷만 입던 때가 내 삶에 깊이 뿌리 박혀 있었던가 보다.

요즘 옷들은 왜 그리도 탄탄하고 질긴지. 닳거나 떨어지지 않아 거의 영구적이라고나 할까. 거기다 나는 옷이 몸에 맞고 크게 더럽지 않으면 별 탈 않고 입는 체질이다. 그러니 옷이 더 필요가 없을 뿐 아니라 있는 옷도 처치가 곤란이다. 입던 옷 남 주기도 어렵고 죽을 때까지 부지런히 입어도 감당이 안 될 것 같다.

그런데 요즘도 자식들이나 주책없는 제자들이 인사랍시고 기념일이나 명절 등에 또 옷을 사들고 오기도 해서 가끔은 민망하기가 그지없다. 선물이란 정성이 든 것이어서 받는 처지에선 무엇이든 반갑고 고맙지만 이제 나처럼 가진 것이 많아 뭐든 버리고 살아야 할 때 새로운 물건을 받는다는 건 굉장히 부담스러운 일이 아닐 수 없다.

근래 설이나 추석 등 명절에는 과일이나 특산품 등을 보내주는 제자나 지인이 있다. 아내는 지혜롭게도 그것들을 필요로 하고 고마워할 만한 분들께 적절히 다시 보낸다. 감사 인사는 내가 받으니까 그것도 나쁘지는 않구나 하는 못된 생각을 하며 살고 있다. 아무튼, 옷은 누구에게 다시 주기도 어려우니 부디 이제는 그걸 주는 사람이 없기를 바랄 뿐.

대단한 당신

아내는 참 대단하다. 노원구 공릉동에서 마포구 성산동으로 이사 온 지가 벌써 수년이 지났는데도 아직 지하철로도 한 시간 이상이나 걸리는 공릉동으로 장을 보러 다닌다. 봉사활동도 할 겸 이왕 가는 길이라 핑계를 대지만 거기 도깨비시장이라 불리는 재래시장 물건 값이 이곳 망원시장이나 주변 마트보다 어느 정도 싸다는 게 진짜 이유다. 그쪽이 더 싼 이유라면, 이곳보다 그곳이 서울로 치면 더 변두리여서 그럴 것이라는 추측을 해볼 수 있겠다. 그렇다 하더라도 품목에 따라 엄청난 차이가 나기도 하는데 도무지 이해할 수가 없다.

그리고 아내는 웬만한 곳이면 좀 시간이 걸리고 불편하더라도 지하철을 이용한다. 지하철을 타고 내리고 갈아타고 할 때 계단을 오르내리는 운동이 관절 강화나 골다공증 예방에 최고라는 주장도 일리는 있지만 내 보기엔 그냥 지하철이 공짜여서인 것 같다. 부득이 버스를 이용할 경우에는 환승역과 시간 등을 잘 계산해 어떻게든 추가 요금을 내지 않으려 한다. 이렇

123

게 모든 것에서 절약하는 태도는 아예 몸에 밴 것이다.

우리는 어릴 때 집에서는 말할 것도 없고 학교에서도 절약에 대해 귀가 닳도록 교육을 받은 세대다. 형편이나 상황이 달라져 그렇게까지 하지 않아도 되는 시대가 왔는데도 버릇을 고치지 못하고 있다. 특히, 아내는 내가 해직된 거의 10년 세월을 전교조에서 주는 생계보조비 30만 원으로 아이들 셋을 키우며 가계를 이어나가야 했으니…. 그 생활이 어떠했는지는 미루어 짐작할 수 있다. 모든 것에서 절약하는 삶의 태도가 생활화되어 굳은 것이다.

장을 본 물건들은 휴대용 카트에 싣고는 잘도 끌고 다니는데 무나 배추, 과일 등 부피가 크거나 무거워 혼자 끌기 힘든 것들을 옮길 때는 내가 마을버스 정류장까지 나가기도 한다. 어릴 적 엄마가 먼 산에서 나물을 해 올 때 어둑어둑 동구 밖까지 마중 나가던 일이 떠오르기도 해서 마음 한쪽이 아려온다.

늘 혼자 집을 지키는 아내가 안쓰러워 큰맘 먹고 저녁을 안 먹고 들어갔더니 어둑어둑해오는 방에 불도 안 켜고 소파에 기대어 반은 누운 채다. TV가 혼자 왕왕거리는 것 같아 "왜 이러고 있어요?" 하며 살펴보니 잡기장 같은 데다가 뭔가를 열심히 쓰고 있었다.

"응! 영어 단어 외우는 건데 치매 예방에도 좋다네요."

환하게 웃는 척 쳐다보는데 TV에서는 젊은 영어 강사 남녀가 깔깔대며 생활영어를 강의하고 있었다. 다리 힘 더 빠지기 전에 한 번은 갔다 와야지 하며 마음 맞는 동무끼리 미국 여행을 계획하면서, 그래도 길이라도 묻고 뭘 사기라도 하려면 기초 회화라도 다시 배워야겠다며 교육방송 프로그램을 뒤지던 아내였다. 그렇게 말 공부를 시작했었는데….

사실 여행 계획에서는 경비 조달이 가장 큰 문제. 어찌어찌 자르고 졸라매고 해서 겨우 맞췄는데 그 뒤에 누구를 꼭 도와줄 일이 생기자 트럼프 보기 싫어 안 되겠다는 둥 핑계를 찾더니 마침내 포기를 해버린 터였다. 그런데 오늘 보니 약간의 미련이 남았는지 치매 예방 운운하며 미국말을 공부하고 있다. 마음이 짜르르 아파왔다.

해바라기

나는 어릴 적 시골에 살면서 꽃밭 만들기를 즐겼다. 낮고 초라한 초가집이었지만 마당이 넓어서 그렇게 할 수 있었다.

봄이 되고 참꽃이 필 때면 산에 들에 뾰족뾰족 새싹이 돋는다. 봄비가 한 번 지나가면 논둑 밭둑이 연둣빛으로 바뀌는 때다. 이때쯤이면 지난가을 받아둔 씨앗 봉지를 꺼낸다. 봉지마다 다른 모양과 크기의 씨앗들이 까만 얼굴로 쳐다보며 지난 겨울을 무사히 보낸 인사를 한다. 그렇게 예쁘고 귀여울 수가 없다.

양지바른 곳에 돌을 골라내고 흙을 가늘게 부수고 부드럽게 해서 묘판을 만든다. 적당히 골을 내고 낮은 둔덕을 만든다. 그리고 줄마다 종류 대로 씨를 뿌리고 살짝 덮어준다. 모래알보다 작은 채송화 씨부터 제법 손톱만큼 도톰한 해바라기 씨까지 골고루 뿌린다. 씨의 모양을 보면 꽃이 보인다.

며칠을 정성 들여 물도 주고 센 바람도 막아주면 어느 날 놀랍게도 땅껍질을 뚫고 새움이 돋는다. 수세미나 해바라기처럼 씨가 큰 놈은 땅껍질을 아예 머리에 이고 올라오기도 한다.
언제 봐도 신비롭고 놀랍다.

적당히 자란 즈음 비라도 살포시 내리면 미리 마련해놓은
화단에 옮겨 심는다. 대체로 키에 맞춰 채송화처럼 작은 놈은
제일 앞에, 큰 해바라기는 뒤편 돌담 바로 앞에 심는다. 매일 물
도 주고 풀도 매주고 적당히 거름도 주면 꽃들은 하루가 다르
게 쑥쑥 자란다.

그 중에서도 가장 크고 씩씩하게 자라는 놈은 역시 해바라
기다. 비라도 온 뒤면 너무도 싱싱하게 자라 어느덧 내 허리에
차더니 여름이 되며 내 키를 훌쩍 넘어버린다. 그리고 꼭대기
에 딱 하나 큰 꽃이 맺힌다. 날씨가 더워지고 태양이 이글거리
기 시작하면 작은 접시가 쟁반만해지며 바깥 둘레로는 노란 꽃
잎이 이글거리는, 내 어릴 적 얼굴보다 큰 꽃이 피기 시작한다.
가운데는 수많은 작은 꽃들이 모여 있지만 얼른 보면 한 개의
큰 꽃이다. 나란히 몇 포기를 심어놓으면 마치 꽃밭 전체를 감
싸고 지키는 보초들처럼 씩씩하고 당당하다.

어릴 때 가장 놀라웠던 것은 아침 해가 산 위에서 빛나는
얼굴을 내밀 때 나가 보면 해바라기들이 일제히 고개를 쳐들고
해를 바라보고 있는 것이었다. 더욱 놀라운 것은 해가 하늘 가
운데로 움직이면 해바라기들도 같이 고개를 돌리다가 해가 서
산으로 붉은 노을을 남기며 기울어지면 해바라기들도 노을을
바라보며 고개를 숙이는 것이었다. 그래서 해바라기였다. 너무
나 장엄해서 눈시울이 시큰거리기도 했다.

또다른 해바라기를 만난 건 아마 마흔이 넘어서인 것 같다. 전교조 결성과 함께 감옥에 갔다 6개월 만에 나왔다. 그리고는 우여곡절 끝에 국민연합 집행위원장이 되어 싸우다 수배를 당하게 됐다. 1990년이었다. 가족과는 몰래 어떻게 만나기도 했으나 함께 활동하던 전교조 선생님들 얼굴은 볼 수가 없었다. 당시 전교조에서 나는 서울 북부사립지회 소속이었는데 여기에는 나이도 비슷해 친구처럼 지내는 선생님들도 계셨다. 서로 보고 싶은 나머지 등산을 가장해 몰래 산에서 만나기로 했다. 그렇게 시작한 것이 '낮은 뫼'라는 등산 모임이었다.

우리는 몇 주에 한 번씩 접선을 하듯 산에서 만나 회포를 풀었다. 그리고 그 모임은 시간이 지나며 아주 가까운 친구 몇이 부부끼리 함께하는 산행 모임으로 남게 됐다. 이부영, 송영관, 고춘식, 박명철과 나 그리고 아내들이었다. 한 달에 한 번 정기 모임은 말할 것도 없고 수시로 만나고 외국 여행까지 같이하며 우정을 쌓았다. 소통을 위해 온라인에서 카페도 운영하고 카톡방을 만들기도 했다.

그러면서 우리는 각자 별명을 지었는데 자연스럽게 남자는 동물 이름, 여자는 꽃 이름이 됐다. 부엉이, 쏘가리, 궁노루, 멧돼지, 물범은 남자들이었고 민들레, 원추리, 산나리, 쑥정이, 해바라기는 여자들이었다. 그렇게 해놓고 보니 원래 인물과 이미지가 비슷하다고 다들 좋아했다. 온라인에서는 말할 것도 없고 만나면서도 즐겁게 별명을 불렀다.

아내는 스스로 해바라기라고 이름 짓고 노골적으로 한 사람만 바라보고 산다고 당당하게 선포했다. 그 바람에 몹시 당황했다. 그리고 미안하고 마음이 아팠다. 아내는 부부는 그래야 되는 게 아니냐며 나를 더욱 미안하게 했다. 돌이켜보면 아내는 정말 그런 마음으로 살아왔다. 내가 교육운동이다 노동운동이다 하며 가족의 역할을 제대로 못 했음에도 그 모든 것을 이해하려 애썼다. 둘만의 조용한 시간에는 솔직한 불만과 비판도 서슴지 않았지만 그 모두가 이유가 분명한 것으로, 나를 올바로 세우기 위한 아내의 역할이었다. 고마울 따름이다.

어언 일흔, 요즘도 우리는 각자의 삶을 열심히 살고 있다. 그러면서도 아내는 스스로 해바라기라 낮추며 나를 인정하려 애쓴다. 나는 그 환하고 밝은 해바라기의 얼굴에 기대어 쉬기도 하고 위로도 받고 용기도 얻는다. 어릴 적 내 꽃밭의 가장 뒤편에 서서 꽃밭 전체를 감싸고 바람도 막아주고 그늘도 돼주던 해바라기. 그 꽃이 항상 내 곁에 있어 정말 좋다.

두런두런 30분

이른 아침 창밖 남은 어둠이
성미산 골짜기 사이로 월드컵북로 빌딩숲 사이로
하루치 몸을 숨기기 위해 두리번거릴 때
나는 캄캄한 죽음에서 깨어난다
매일 살아나며 새 삶을 맞는다
아직은 희미한 햇살이 창밖에서 두런거리고 있다
나도 두런두런 생각에 잠긴다
오늘도 하루의 삶을 허락한 그 누구를 생각한다
나 자신에게도 고마워한다
그 누구는 누구이며 나는 또 누구인가
오늘을 또 어떻게 보내야지 하다가
어제를 돌아본다 이미 돌이 되어 거기에 있을 뿐
결국 또 깨어났으니 오늘을 살아야지 한다
모두와 더불어 잘 살아야지 한다
이래저래 이리저리 모두 떠나고
이 집에 이제 남은 사람은 둘뿐
아내도 다시 깨어난 모양이다
뒤척이는 소리조차 고맙다
두런두런 이야기를 시작한다
이런저런 이야기가 꼬리잡기를 하고

나는 주로 뒤따라 다니며 추임새를 한다
아이 적 숨바꼭질이 무작정 재미있는 것처럼
어른놀이 두런두런 30분이 후딱 지나고
또 하루의 전투를 예고하듯
태양 볕이 점령군처럼 창에 번쩍인다
척후병 조간신문이 현관 앞에 움츠리고 있고
TV와 스마트폰은 지뢰처럼 매복하고
뇌관만 건드려라 째려보고 있겠지
그래도 오늘은 두렵지 않다
아내와 두런두런 30분의 아침작전회의를
넉넉하게 마무리했기에

국수 생각

나는 국수를 무척 좋아한다. 맛도 담백하지만 먹기도 편하다. 그리고 값이 싸다.

국수나무가 좁은 등산로를 덮치고 있었다. 좁쌀 같은 하얀 꽃들도 지고 멀쩡한 황톳길 옆 여기저기 줄 서듯, 팔 뻗어 주먹 내두르듯 그렇게 국수 가락처럼 기세 좋게 뻗어가고 있었다. 그 길을 지날 때마다 그렇게 거의 매일 저녁 국수나무처럼 흔하게 국수를 먹던 때가 생각났다.

일하던 엄마는 어린 나에게 상표도 상호도 없이 국수 틀 하나 놓고 국수를 만들어 파는 허름한 국숫집으로 심부름을 보냈는데 돈 액수만큼 손대중으로 적당히 주는 국수 공장이었다. 시키는 대로 부지런히 다녀왔는데 엄마는 늘 양이 적다고 불만이었다. 나는 그 소리가 싫어 국수 심부름도 싫었다. 감자를 듬뿍 썰어 넣고 아무리 잘 삶아도 많은 식구들에게는 늘 양이 모자라니, 엄마는 그게 힘들어 짜증을 내곤 했던 것이다.

그래도 배가 고팠으므로 국수 맛은 좋았다. 저녁을 먹고

나서는 뛰어놀지 못하게 했다. 여러 핑계가 있었지만 사실은
배가 빨리 꺼진다는 이유에서였다.

잔치국수는 가난한 집 애경사에서 손님을 그냥 돌려보낼
수 없는 주최 측의 눈물겨운 배려다. 후루룩 한두 젓가락이지
만 "아 맛있게 잘 먹었다"는 헛 인사에는 언제나 염려와 정이
국수 가락처럼 늘어지는 듯했다.

오늘 저녁에는 자식들 다 떠난 뒤 아직 남은 식구인 아내
와 단둘이라도 애호박 송송 썰어 지단 만들고 귀농한 첫 딸네
가 담가서 보내준 간장 풀어 따끈한 칼국수 끓여 먹었으면 좋
겠다. 그도 힘들면 홍대 부근 어디쯤 국수 맛집이라도 찾아봐
야겠다.

서울구치소에서

―――――――――

정해숙 위원장님 제안으로 민주노총 한상균 위원장 면회하는 날. 그날은 참 따뜻한 봄날이었다.

김귀식, 윤한탁, 이부영, 그리고 나까지 다섯. 여든 즈음 세분, 일흔 즈음 둘. 어느 사이에 그렇게 되어 있었다. 약속 시간은 다 돼 가는데 아직 한 분이 안 보였다.

"언제나 이분 와야 다 왔지."

누군가 말했고 모두 웃으며 고개 주억거렸다. 나이가 들어도 참 사람이 잘 안 바뀌는 것 같다고 생각했다.

내가 제일 어렸으므로 면회 신청 등 심부름을 도맡아 할 수밖에 없었다. 신분증 대조를 하는데 어느 분이 금방 있던 주민증이 없어졌다며 지갑과 온 주머니를 몇 번이나 뒤졌다. 한참 만에 찾았다고 씩 웃는데, 손에 들고 주머니만 뒤졌다고 머쓱해했다.

얼마씩 걷어 영치금도 넣고 매점에 가서 커피도 사서 갖다 드리고 바쁘게 설치는데 왜 접견실 안 들어 가냐며 친절한 교도관이 뛰어왔다. 아무도 방송 소리를 못 들었다고 우기니 알 겠다는 듯 교도관도 웃었다.

아들 같은 한상균 위원장을 창살 저편에 두고 모두 눈물이 글썽 선뜻 말이 없는데.

"요즘은 징역살이 할 만해요."

오히려 위로하듯 한상균 위원장 실없는 한마디에 분위기 는 더욱 썰렁해졌다. 무슨 말이 필요하겠는가? 이 나이에 이렇 게들 찾아와 열심히 싸우는 후배에게 미안한 마음 보였으면 됐 지, 창살을 사이에 두고 그저 서로 말 없이 격려했다.

마치고 구치소 앞 식당에서 같이 밥 먹으며 이런저런 얘기 는 많았지만 서로 잘 들리지 않는 탓인지 언성만 높였다. 누군 가 슬그머니 나가서 밥값을 치르는데, 그래도 뭔가 좋게 달라 지는 것도 있구나 했다.

그래, 하늘을 보자

그래, 포기하거나 외면하진 말고
몇 마디 말로 흘려버리지도 말고
분노가 증오나 짜증으로 암덩이 되어 퍼지지 않게
흐르는 물처럼 그렇게 조용히 낮은 곳으로
흐르며 스며들자 스며들되
땅을 적시고 대지를 물들이자
붉은 저녁노을이 아침 안개처럼
골짜기에 가득히 내릴 때
소리 없는 강물 되어
아래로 아래로 흐른다고
그것이 패배이거나 후퇴가 아니니
가다가 벼랑을 만나 어깨 걸고 같이 떨어져
또 한 번 부서지고 깨지면
와- 또다시 소리치며 소용돌이로 일어서면 될 일
가끔은 좌절이 길모퉁이에서 기웃거리고
절망이 문 앞에까지 찾아와 유혹하지만
그런 때일수록 머리 들고 하늘을 보자
먹구름이 시커멓더라도 그 너머에는
언제나 빛나는 별이 있으니
그 고운 별을 희망이라고 부르자

그리고 그 별 하나씩 마음에 담자
담아서 심장이 뜨겁게 하고
붉은 피 더욱 시뻘갛게 하자
그래서 작은 내가 별 하나 되어
마침내 이 어지러운 세상길 헤쳐갈 때
등불이 되고 등대가 되자

어버이연합을 위한 변명

한동안 어버이연합이란 단체에 대해 말이 많았다. 내 또래 일흔 즈음 남자들이 주로인 모양인데 보수적인 정부 행사 등에 참가해 머릿수를 채우거나 진보진영 집회 등을 방해하는 일을 한다. 일당 받고 동원되는 실정이야 이래저래 다 알았지만 세상에 꽃 같은 아이들이 억울하게 죽어 그 원혼을 달래고 부모들을 위로하는 집회에까지 와서 소란을 피우고 패악질을 하는 게 너무 심하다 했더니 그 돈을 국정원과 청와대의 주선으로 재벌들의 놀이터인 전경련이란 단체에서 제공한 것이라니 기가 차고 화가 나지 않을 수 없었다.

그런데 한편 생각하면 마음이 아팠다. 그렇게 해서 받는 일당이 2만 원이라는데 그 돈은 그분들에게는 매우 크고 요긴해서 무슨 집회 어디 간다 하면 줄 서기 바쁘다는 것. 집회에 참석해서도 시키는 대로 하지 않으면 다음에 잘릴까 봐 소리치며 나댈 수밖에 없다는 것.

그도 그런 것이 대한민국 국민으로 성실하게 산 분들이다.

늙고 병들자 아무도 돌봐주지 않아 독거노인 신세로 겨우겨우 살아간다. 어느 성당에서 5백 원 준다면 얼른 가서 줄 서고 어느 급식소에서 공짜밥 준다면 또 얼른 줄 서고. 하루 종일 리어카 끌며 폐휴지 모아야 몇 천 원인데 한나절 가서 욕하고 소리치면 2만 원이라, 그 일이 돌아오는 것만으로도 "그런 복이 어디냐"고 두 눈 붉어지는 건 지극히 당연한 일 같다.

그런 수십만 내 또래들을 생각하면 선택받은 나는 입이 열이라도 할 말이 없다. 정말 잘 살아야지 제대로 살아야지 하면서도 이런 분들 이용해서 못된 짓 하는 어버이연합과 그 배후를 생각하면 헌혈도 안 되는 늙은 피일망정 거꾸로 치솟는 것이다.

어느 청소노동자

누군가 잘 모르는 사람이 전화를 걸어와 이런저런 얘기를 하다 "따로 한번 직접 만나봤으면 좋겠다" 하는 식의 얘기를 꺼내면 은근히 겁이 난다. 그동안의 경험에 의하면 이런 경우 대체로 청탁성의 어려운 부탁이거나 관계 속에서의 개인적 고민이거나 별일 아닌 걸 대단한 것처럼 요란을 떠는 것이거나 하는 경우가 많기 때문이다. 부담은 되지만 그래도 개중 나은 것은 결혼 주례 부탁이나 강연 요청 같은 것인데 며칠 전 그분의 전화는 분위기가 아주 묘했다.

평소에 잘 모르는 분이기도 했지만 말이 매끄럽지 못하고 조금 더듬기까지 해서 무슨 내용인지 명확하지 않았다. 꼭 만나서 얘기해야 하고 아주 잠깐이면 되니 시간을 좀 내달라는 것이었다. 어느 지역노동조합 소속이라고 하는데 말이 환경미화원이지 용역회사 청소노동자가 분명해 보였다.

한 지하철역 부근 작은 찻집에서 우리는 어색하게 만났다. 이런저런 인사도 잠깐, 조그만 쇼핑백을 내밀며 이유는 묻지 말고 얼마 안 되지만 전태일재단에서 좋은 일에 써달라는 것이었다. 누구인지는 밝히지 말아달라며 부끄럽게 액수를 말하는데 최소한 그분의 1년치 월급은 넘는 고액이었다.

내가 언젠가 보잘 것 없는 자기네 노동조합을 방문해 전태일과 전태일재단에 대해 얘기했는데, 이젠 그만 쉴 때도 돼 보이는 나이에 투쟁현장이라고 멀리까지 찾아와 격려하며 최선을 다하는 모습이 안쓰럽기도 하고 내용이 감동스럽기도 해서 그때 속으로 혼자 작정을 한 건데 조합원들의 뜻을 모아 이제야 이루게 됐다며 개운해하는 눈치였다.

잠시 먹먹해 말을 잇지 못하는 나에게, 요즘도 전태일이 꼭 필요한 때라며 전태일재단이 그 일을 대신하는 것 같아 고맙다고 했다. 그 말에는 부끄러워 쥐구멍이라도 찾고 싶은 심정이었다.

작년 이맘때는 내 또래의 전태일 친구 한 분이 그렇게 배우고 싶어 하던 태일이를 생각하며 10년 적금을 부은 거라며 1억 원을 들고 왔다. 장학사업을 하자고 내놓은 것. 이런 게 바로 태일이 버스비를 쪼개 어린 시다들에게 풀빵 사 주던 그 마음이구나. 아직도 우리 주변에 전태일이 살아 있구나. 그래서 우리 사회가 망하지 않는구나. 어깨는 무거웠지만 마음만은 따뜻해왔다.

이른 봄 이맘때

이른 봄 이맘때
지하철이나 버스로
종로 그 어디쯤을 지나다 보면
곱게 늙은 할머니
마른 삭정이 같은 손가락으로
부지깽이 같은 막대기 몇 개씩
움켜쥐고 있다
가만히 보면 그 막대기 끝마다
푸릇푸릇 피가 돌고 있다
꽃눈인지 잎눈인지
정아(頂芽)가 도톰하다
변두리 산동네 좁은 골목길
한 뼘 흙이나 깨진 옹기라도
봐두었나
수수꽃다리 개나리 어린 묘목
지하철 진동에 놀랄까
꼬-옥 품에 안는다
아들도 손주도 떠나고
혼자 사나 보다

빚진 자의 슬픔

살면서 빚을 많이 졌다. 주변 사람들로부터 정말 많은 사랑을 받았다.

교사 10년째, 교육에 대해 근본적 고민을 할 때 교육운동 대열로 이끌어준 선후배 동료들. 특히 모든 면에서 부족한 나에게 나이 몇 살 더 많다고 깍듯이 선배 대접하며 적절한 역할로 함께 활동하게 해준 후배님들의 그 너그러움. 내가 실수를 해도 얼굴 한 번 찡그리지 않고 궂은일은 자기들이 다 하면서 공은 나에게 넘기던 하나같이 젊으면서도 선배 같던 그 멋진 아우들. 이젠 그들도 어언 정년 무렵, 나처럼 머리가 벗어지거나 백발이 반이 넘은 잘 익은 홍시 같은 선생님들이 되었다.

교육민주화선언 30주년을 그냥 넘기기 아쉬워 오랜만에 시장 골목 삼겹살집에 모였다. 낄낄거리며 지난 애기에 섞어 다시 학교를 걱정했다. 우리가 좀 더 잘해서 좀 더 바꾸어놓았더라면 지금 저렇게 학생들이 고통받지는 않을 텐데, 후배 교사들이 고생을 좀 덜할 텐데, 전교조가 능멸당하지는 않을 텐데… 막걸리 잔 기울이며 자책하고 반성했다.

　그 중 위원장까지 지낸 내가 제일 책임이 무거워 고개를 들 수가 없는데 오히려 대머리 흰머리 후배들이 위로한다.

　"그래도 선생님 위원장 하실 때가 좋았어요. 자부심도 있었고요. 수업이든 투쟁이든 원없이 했던 것 같아요."

　아, 평생을 지고 가는 이 사랑의 빚을 나는 언제나 갚을 수 있을까? 그러므로 오늘도 나는 어디 필요한 곳으로, 부르는 곳으로 아침부터 눈물 흘리며 달려갈 수밖에.

나의 교육부총리 시절

젊은 시절 교육운동에 뛰어든 나는 교감, 교장이 되는 기회를 잡지 못했다. 교감, 교장이 좋아서가 아니라 그 역할을 잘해내면 학교 교육을 제대로 하는 데 이바지할 수 있는 폭이 넓어져서 조금이라도 좋은 영향력을 끼칠 수 있는데, 그 기회를 잡지 못해 다소 아쉬움이 남는다. 물론 후회는 아니다.

대신 나는 해직 기간 중 서울시 교육위원을 지낸 바 있다. 되돌아보면 부족한 점도 많았지만, 당시 수구적인 분위기 속에서 상당한 역할을 했던 것도 같다. 그 뒤 전교조, 민주노총, 민주노동당 등에서 이런저런 역할을 하면서 교육 현장에서는 떠나 있었다.

그러던 어느 날 정지영 감독으로부터 〈부러진 화살〉이란 영화에 단역으로 출연해달라는 요청을 받았다. 오랜만에 영화를 만드는 정 감독이 투자를 제대로 받지 못해, 안성기를 비롯한 주연들도 흥행에 성공하면 출연료를 받기로 하고 우정출연을 했다고. 단역의 경우 정 감독 주변 사람들이 몸으로 때우기로 했다. 그런 사정을 안 나는 거절할 도리가 없었다.

정해진 날에 지정된 촬영 장소로 갔더니, 교사 출신이라며 내게 대뜸 대학 총장 역할을 맡겼다. 평교수 역인 안성기가 나에게 와서 진실과 정의를 외치며, 총장의 무소신과 우유부단을 성토하며 호소하는데, 총장 역인 나는 뒷짐을 지고 창밖만 내다보는 역할이었다. 짧은 대사도 한마디 없이 그냥 서 있기만 했다.

결국 영화에는 내 뒤통수만 나왔다. 영화가 흥행에 성공하면서 '명품 뒤통수 연기'라고 주변에서 은근히들 놀렸지만, 나는 기분이 별로 나쁘지 않았다. 뒤통수뿐이었지만 그래도 대학 총장이었으니까. 거기다 대배우 안성기도 덤으로 알게 되었으니 얼마나 기분이 좋았겠는가.

〈부러진 화살〉의 성공으로 정 감독은 전부터 만들어보고 싶다던 영화를 자비로 만들었는데, 김근태 고문 사건을 다룬 〈남영동 1985〉였다. 그때가 2012년. 이명박정권 말기로 박근혜 대통령 만들기에 혈안이 되어 종북 프레임으로 몰아치던 때였으니, 이런 영화를 만드는 것은 여간 어려운 일이 아니었다. 그래도 정 감독은 영화를 통해 정권 교체에 조금이라도 힘을 보탠다며 촬영을 서둘렀다.

어느 날 국무회의 장면을 찍는다며, 내게 장관 역할을 맡아주어야 한다고 했다. 양복을 차려 입고 촬영장으로 나갔다. 카메오 출연으로 재미도 보탤 겸 현직 관료나 정치인 등 많은 분들이 와서 대기하고 있었다. 드디어 촬영 준비를 끝낸 정 감독이 국무위원 배역을 발표했다. 모두 자기는 무슨 장관이 되나 하며 초조하게 기다리는 분위기였다. 정 감독은 나를 지목했다. "선생님은 교육계이기도 하고 지난번 대학 총장을 역임했으니, 이번에는 교육부총리가 어떻겠냐"는 것이었다. 나는 염치, 체면도 없이 얼른 수락했다. 그래서 졸지에 교육부총리가 되었다. 자리도 대통령, 국무총리 옆이었다.

드디어 촬영이 시작됐고 나는 근엄하면서도 부드러운 미소를 지으며 다른 국무위원들의 얘기를 경청하며 묵묵히 앉아 있었다. 아쉽게도 이번에도 대사는 없었다. 여러 번 "레디- 고"와 "컷-"을 외치며 긴 시간 촬영이 진행됐고, 드디어 정 감독의 최종 "오케이-"가 떨어지며 국무회의는 끝이 났다.

그리고 몇 달 뒤 어렵게 영화가 완성되어 특별 시사회가 열렸다. 출연자를 비롯한 많은 인사들이 초청되었다. 나도 기대를 안고 참석했다. 이번에는 어떻게 나왔을까? 저번처럼 뒤통수만 나오는 건 아니겠지 하며 같이 출연했던 인사들과 함께 영화를 봤다. 드디어 기다리던 국무회의 장면. 상당히 오래 찍었는데도 회의 장면은 길지 않았다. 그런데 신경을 쓰면서 봤건만 나는 없었다. 마지막 편집을 하면서 잘라버린 것이다. 은근히 기대했던 자신이 부끄럽고 다른 사람 보기가 민망했다. 여러 사람에게 나도 출연했으니 나올 거라고 말했던 것이 창피하기도 했다.

결국 나의 교육부총리 시절은 그렇게 끝나버리고 말았다. 그러면서 그때 나는 혼자 생각해봤다. 영화가 아니라 진짜 내가 교육부총리가 된다면 무슨 일을 해야 했을까. 영화처럼 화면에는 나오지 않더라도 많은 것보다 뭔가 하나는 제대로 해야지 않을까 하는 생각이 들었다.

우물쭈물하다 끝난 교사 이야기

일흔이 됐다. 정말 '우물쭈물하다' 그렇게 된 것 같다. 꽃
키우기를 좋아해 원예과에 가야 했는데 국문과에 가게 됐고
자의 반 타의 반 국어 교사가 됐다. 어떤 교사가 될까 고민하다
가 평교사로 정년을 맞는 게 좋겠다고 생각하고 학생들과 수업
에 전념했다. 무조건 주어진 교과서에 규정된 방식으로 열심히
가르치는 것이 학생들을 성공시키는 것이 아니라는 현실 앞에
서 교육운동에 뛰어들지 않을 수 없었고 결국 해직됐다. 그때
일시에 해직된 교사만 1천5백 명이 넘었다. 그리고 5년 혹은 10
년 만에 다시 학교로 돌아갔다.

『우물쭈물하다 끝난 교사 이야기』의 저자 유기창도 여기
까지는 나와 비슷했다. 다시 학교로 돌아간 그는 우리가 주장
하고 실현하려던 참교육에 전념했다. 여러 가지 여건이 크게
개선되지 않아 여전히 힘들었지만 최선을 다했다. 그리고 힘들
게 정년 퇴직을 했고 경험을 바탕으로 반성의 책을 냈다. 그런
그의 고민과 노력이 이 책에 고스란히 녹아 있다. 이상과 현실

사이에서 고군분투하는 우리 시대 한 교사의 30여 년 모습이 가감 없이 드러나 있다. 때로는 교단 일기로 혹은 간곡한 편지로 가끔은 고민을 적은 메모로 이루어진 교단생활 평생의 기록이다.

이 책이 놀라운 것은 남이 읽거나 출판을 염두에 두고 글을 쓸 때면 은근히 자기를 드러내거나 부끄러운 일은 아예 감추는 것이 일반적인데 전혀 그렇지 않다는 것이다. 특히 정년이 가까워지며 경험한 일, 이를테면 늙은 교사를 싫어하는 학생들의 교사 교체 요구와 또 다른 학생들과의 갈등 등도 여과 없이 표현하고 있어 읽는 동안 나도 모르게 숙연해졌다. 평교사로 정년을 하겠다는 나의 꿈이 얼마나 무책임하고 가벼웠던가를 깨닫게 하면서, 노동운동이네 뭐네 하면서 잘난 척하며 살아온 나를 부끄럽게 했다. 실수와 부끄러운 일마저 솔직하게 쓴 용기가 몹시 부럽다.

사실 나도 그동안 몇 권의 책을 냈다. 1989년 3월에 처음으로 냈던 책이 『일어서는 교실』인데, 당시는 교사 생활 10년을 넘기며 교육운동에 힘을 실는 동시에 학교 생활에도 열을 올릴 때였다. 학교에서는 매일 아침 한 시간 일찍 나와 학급 단위로 자율학습을 실행할 것을 권장하고 있었다. 말이 자율학습이지 반 강제 의무학습이었다. 당연히 담임 교사도 같이 나와 학생들을 감시감독해야 했다. 그 당시 대부분의 학교가 그렇게 했기에 내가 근무하던 학교도 뒤처지면 안 된다며 밀어붙였다.

정규수업 1교시 시작 전에 시행하는 0교시. 나는 우리 반 학생들에게 이 어처구니없는 0교시를 설명하면서 정식 수업이 아닌 자율학습이니까 하고 싶은 공부를 알아서 하라고 했다.

일찍 나와서 공부하는 게 효과적인 학생에 한해 그렇게 하라고
도 했다. 나는 아침 0교시 자율학습을 그런 식으로 설명할 수밖
에 없었다. 다만 일찍 나와서 공부하는 학생들을 위해 나도 일
찍 나와 같이 공부하겠다는 말만 보탰다. 가관이었다. 다른 학
급은 대부분의 학생이 일찍 나와 선생님 감시 아래 조용히 공
부하는데 우리 반은 반도 나오지 않은데다 시끌시끌했다. 선생
님이 앞에 앉아 있기는 한데 무얼 하는지 아무 간섭을 하지 않
으니 자유분방할 수밖에 없었다. 말 그대로 자율학습이었다.

나는 그때 한 시간을 일찍 나와 글을 썼다. 10여 년 동안
교사 노릇하면서 느낀 점을 쓰기도 하고 서울에 와서 야학하
던 애기며 교육운동을 시작하며 느낀 점 등 생각나는 대로 볼
펜 가는 대로 썼다. 정리하는 재미도 있었지만 맑은 아침 시간
을 학생들과 같이 보내며 무얼 한다는 것이 괜히 좋았다. 가끔
교장이나 교감이 복도를 돌며 학생 수도 적은데다 시끌벅적한
우리 반을 보고 얼굴을 찌푸렸으나 개의치 않았다. 어디까지나
자율학습이었으니까.

그렇게 매일 쓴 글이 제법 양이 많아졌다. 교육운동 초기
토론회 등에서 이야기를 하자 학생들 글과 같이 묶어 문집으로
내보면 어떻겠냐는 제안도 있었다. 해서 가까운 선생님을 통해
해직교사가 운영하는 출판사를 소개받았다. 학생들의 글은 따
로 엮어 학년 말에 문집으로 내기로 하고 우선 내 원고만 책으
로 내자는 출판사의 제안에 따르기로 했다. 그때까지만 해도
책을 낼 땐 저자가 출판비를 부담하는 줄 알고 있던 나는 출판
사가 책을 내주고 팔리는 만큼 정가의 10% 인세도 준다는 제안

에 귀가 솔깃했다. 또 내가 쓴 글이 책이 되어 나온다는 데 대해 욕심도 생겼다. 아닌 척하며 얼른 승낙했다. 그래서 나온 책이 『일어서는 교실』이다.

새 학기 시작과 함께 책은 나왔지만 나는 전교협 사무처장으로 전교조 결성을 서두르며 막바지 작업에 몰두하느라 돌아볼 틈이 없었다. 그해 5월 28일 온갖 탄압을 뚫고 전교조는 깃발을 올렸고 나는 감옥으로 끌려갔다. 책은 저자를 잃었으나 책에 대한 관심과 애정은 더욱 높아졌다.

두 번째 책은 1989년 12월에 나온 『달리는 자전거는 넘어지지 않는다』인데 처음 감옥에 있으면서 쓴 편지들을 모은 옥중 서간집이다. 나는 감옥에 있으면서 당시 초등학생이던 내 딸과 아들 맘이, 한이, 빛이와 아내에게 매일 한 통씩 편지를 썼는데 그걸 전교조 편집실에서 책으로 엮었다.

세 번째 책은 동화집으로, 국민연합 집행위원장으로 활동하다 수배를 당했을 때 남의 집에 숨어서 쓴 것이다. 우리 아이들에게 들려주는 얘기 형식의 글로, 주로 아이들과 어린 시절 함께 겪었던 일들을 쓴 『까치 가족』(1991).

네 번째 책은 『사랑의 교육 희망의 교육』(1995)이라는 책인데 두 번째 옥살이를 하며 학교 현장 교사와 주고받은 편지와 재판을 받으며 썼던 항소이유서, 최후진술서 등을 엮은 책이다.

다섯 번째와 여섯 번째는 『나의 배후는 너다』(2006)와 『사람이 사랑이다』(2009)라는 시집. 일곱 번째는 『다시 학교를 생각한다』(2012)라는 수필집. 여기에는 페이스북을 통해 많은 분들과 소통하면서 교육 문제를 토론한 내용이 담겼다. 2012년 교육감 출마를 준비하면서 낸 책이어서 다분히 선거용이라 해도 틀린 말은 아니다.

마지막 여덟 번째가 시집 『겨울나기』로 2014년에 출판했다. 이명박, 박근혜시기를 겨울로 보고 어떻게 겨울을 날까를 고민한 시들인데 한강의 소설 『소년이 온다』 등과 함께 블랙리스트에 올라와 있는 걸 보고 놀라기도 하고 헛웃음이 나기도 했다.

새삼스럽게 꼽아보니 나도 책을 여러 권 냈다. 출판 당시에는 절박한 마음이었는데 지금 돌아보니 잘난 척과 치기가 넘치는 자기과시의 냄새가 역하게 난다. 과오와 약점은 숨기고 보잘 것 없는, 조금 잘한 일은 대단한 것처럼 내세우는 위선의 춤사위가 책마다 넘치고 있는 것 같아 민망할 따름이다.

이런 느낌과 생각은 유기창 선생의 『우물쭈물하다 끝난 교사 이야기』를 대하며 더욱 물밀 듯 일어난다. 내 전력을 돌아보면 최소가 지부장이고 아니면 집행위원장, 사무총장, 부위원장, 위원장, 이사장 온통 이런 것들이다. 항상 위에서 군림하며 잘난 척하며 권력을 휘두르며 살았다. 구조적 위계일수록 스스로 극복하려는 노력을 하며 항상 수평적 소통에 힘써야 하는데 나는 늘 게을렀다. 아니 오히려 상위의 지위를 역할이라고 자위하며 그 일과 관계를 즐겼다고 보는 게 솔직하다. 이런 깨달음과 반성을 하게 하는 것이 일흔 나이이기도 하지만, 평생을 현장에서 평교사로 학생들과 부대끼며 치열하게 살고 그 역정을 솔직하게 기록한 한 권의 책이기도 하다. 이 책이 나에게 죽비가 됐다.

주말 보내기

토요일은 좀 느긋하려고 애쓴다. 출근 안 하는 기분도 꽤 괜찮다.

느즈막이 뒷산 산책을 나갔다가 집 모퉁이에서 내 또래 아저씨를 만났다. 어색한 통성명을 하는데 나와 같은 번지 다세대 주택에 산단다. 나는 3층 그는 2층. 이사 온 지 1년 반만의 첫 만남이다.

"이렇게 살아도 되는지 모르겠네요."

"도시 생활이 다 그렇지요 뭐."

"언제 막걸리라도 한잔 해요."

기약 없는 땜질용 헛인사만 했다. 그래도 그렇게라도 그 사람을 만나서 좋았다.

오후에 비정규노동자의집 꿀잠 건립 창립총회에 갔다. 송경동 시인이 꼭 와야 된다고 해서 갔다. 고문을 맡아야 한대서 그러겠다고 했다. 나도 어언 '고문 세대'가 되었다.

가는 길에 시청 앞을 지나는데 퀴어 축제로 시끌벅적했다.

'스스로 진보주의자라면서 저 자리에 있어야 하는 게 아닌가?'
잠시 머리가 복잡했다. 갑자기 소나기가 내려 더 혼란스러웠다.

창립총회 1부가 끝난 뒤 양길승 원장과 밖으로 나왔다. 송경동이 문까지 따라 나와 잡았지만 그래도 나왔다. 이제는 참석할 자리와 아닌 자리를 잘 구분해야 한다. 그리고 일어날 시간도 눈치껏 해야 한다. 그것이 서로에게 도움이 된다.

나오자 또 소나기가 쏟아졌다. "비 그칠 때까지만 한잔 할까요?" 하려다가 참았다. 저쪽도 그런 눈치였다. 많이 무디어졌다. 나이 탓인가?

일찍 돌아와 아내가 좋아하는 TV 프로그램 〈전설을 노래하다〉를 멍청히 같이 봤다. 편안했다.

일요일 오전, 버릇처럼 아들네 차 타고 교회에 갔다. 오후에는 전교조 친구 송영관 선생 사진전에 갔다. 늘그막에 사진으로 재미 보며 재밌게 산다.

저녁에는 연우소극장에서 연극 〈검열언어의 정치학〉을 봤다. 연극평론가 김소연이 친절하게 전화까지 해줘서 갔다. 마치고 뒤풀이 자리에서 한마디씩 하는데 잠시 내 꼬라지를 잊어버리고 쓸데없는 얘기를 길게 했다. 늦은 시간 버스 속에서 후회했다.

결국, 지난 주말도 끝이 좋지 않았다.

두근거리며 살기

"부디 몸조심해요."

출근을 위해 집을 나서는 내 뒤통수에 대고 아내가 하는 인사가 언제부턴가 건성이 아니다. 아니 결혼해서 같은 집에 살기 시작한 그날부터 매일 아침 집을 나서는 내 등 뒤에서 한결같은 목소리로 배웅하던 그 목소리가 크게 달라진 것도 아닌데 요즘 와서 더 절실하게 들리는 것은 내 느낌일 뿐인가. 꼭 그 것만은 아닌 것 같다.

그래도 몇 년 전까지만 하더라도 "좀 일찍 들어와요"라는 뒷말이 붙었는데 이젠 아주 포기했는지 들어와도 별 볼 일이 없는지 그냥 풀어놓아도 큰 걱정이 안 되는지 그 사족은 사라 졌다. 마음이 좀 가볍기는 한데 한마디로 줄어든 그 인사가 너무 절실하다.

"아니 왜 그래요? 이렇게 늙은 놈 누가 어쩔까 봐서요?"

내 어설픈 농에 아내가 피식 웃는다. 그리고 한마디 한다.

"그게 아니라 어제 건널목에서 불이 깜박이는데 누가 뒤

뚱거리며 뛰는데 영 불안하고 안쓰러운데 당신 나이쯤 돼 보이더라고요."

부디 지하철 계단에서도 조심하고 저녁에 늦어지면 딴생각 말고 택시 타고 어쩌고 하는데 빈말이 아닌 거라. 아, 이래서 같이 늙어가는구나. 서로 걱정거리가 되는구나 하면서도 나도 모르게 조심조심 계단을 내려가며 등줄기 타고 자르르 흐르는 뭔가를 느끼는 어느 날 출근길 아침이다.

그렇구나. 되돌아보면 조금은 편안한 지금의 삶이 가끔은 지루하게 느껴지는 건 두근거림이 덜하기 때문이다. 내 지난 삶이 때론 힘들었지만 그래도 견딜 만하고 즐거웠던 것은 끊임없는 긴장감 때문이었던 것 같다.

해직을 각오하고 교육민주화선언에 앞장섰던 때의 그 두근거림을 지금도 잊을 수 없다. 그때 나이 서른일곱이었다. 전교조를 결성하고 경찰에 끌려가던 그날 두 손 부르르 떨리던 두근거림, 민주노총을 책임지겠다고 나서던 그날 저녁 무렵 서쪽 하늘이 온통 떨리는 것 같던 검붉은 노을, 정년을 꿈꾸며 근무하던 학교에 스스로 사표를 던지고 기울어가던 민주노동당호에 오를 때의 밀려오는 파도소리 같던 두근거림, 그 끊임없는 흔들림이 주는 짜릿한 설렘이 나를 지탱하고 끌어주던 힘이었다.

스스로 칼날 위에 서보지 않고, 자기를 몰아 천 길 벼랑 끝에 세워보지 않고, 어찌 한계 상황의 그 짜릿함을 알겠는가? 바람이 불어도 흔들리지 않는 나뭇가지라면 어떻게 겨울바람을 이기며 새 움을 틔우고 고운 꽃을 피우겠는가?

결국은 멈추지 않는 가는 떨림이 나침반의 침을 정북으로 향하게 하듯이 부드럽게 떨리는 두근거림만이 나를 곧추세우고 행복하게 하는구나, 새삼 깨달으며 오늘도 다시 두근거리는 마음으로 꽃가지 가늘게 흔드는 바람 앞에 선다.

설악산에서

전태일재단과 이주노동희망센터의 '문화의 날' 행사가 있
던 날. 백담사 봉정암에 들러 남몰래 후원하시는 스님께 인사
도 드릴 겸 설악산에 올랐다. 평소 체계적인 운동이나 몸 관리
도 않는 내가 젊은이들 틈에 끼여 올라갈 수 있을까 걱정도 됐
지만 지금 올라가보지 않으면 언제 또 기회가 올까 싶기도 하
고 모처럼 우리 식구들이 몸 부딪치며 마음 모아보려 하는데
나이 좀 많다고 빠질 수도 없어서 "그래 한번 시도해보자. 내 모
습 그대로 보여주면 되겠지"하고 따라나섰다.

백담 계곡 타고 봉정암 들렀다 소청 대피소까지 가파르게
오르는 길이 만만치 않았다. 가쁜 숨 몰아쉬며 한 발 한 발 앞사
람 뒤꿈치 따라 나갈 수밖에 없었다. 새롭고 놀라웠다. 정확하
게 한 발 떼면 한 발 앞으로 두 발 떼면 두 발 앞으로, 작게 떼면
작게 크게 떼면 크게 딱 내가 구체적으로 행동하고 실천하는
대로만 결과는 주어지고 있었다.

어느 쉬는 곳에서 보니 그렇게 튼튼하던 등산화가 뒤축부

터 벌어지고 있었다. 내가 전교조 위원장을 시작할 무렵 한 동지가 사 준, 그러니까 훌쩍 15년도 더 지난 "사랑도 유효 기간이 있는가" 그 완강하던 고무 밑창이 삭아 부스러지고 있었다. 경험 많은 후배가 한마디 한다.

"그거 자주 안 신어서 그런 거예요."

힘들게 대피소에 도착하자 누구는 밥을 하고 누구는 찌개를 끓이고 누구는 술을 꺼내고 상을 차린다. 한심한 나는 숟가락 하나 들고 달려들며 은근히 벼슬처럼 나이 내세우며 맛있는 거 먼저 먹는다. 그리곤 설거지도 은근슬쩍 빠지고는 대피소 좋은 자리에 먼저 가 배 쓰다듬으며 잠이 든다. 금세 코골고 잠꼬대하고….

다음 날 아침 뒤척거리다가 깨워서야 못 이기는 척 일어나 어느 틈에 끓여놓은 라면 후루룩거리며 "아침에는 스프 반만 넣어야지" 괜한 잔소리하고 쓰린 속 추스르며 대청봉 오르는 길 뒤를 따랐다. 중청 대피소에 도착하니 배가 아팠다. 꾀도 났다. 빤히 올려다 보이는 대청봉을 눈앞에 두고 자신감 상실하곤 '이 나이에 오기는 버려야지. 웬만하면 70%에 만족해야지' 스스로 위로하며 내려갈 걱정을 했다.

천불동 계곡 내려가는 길은 정말 힘들었다. 오르는 길만 힘든 줄 알았는데 내려가는 길도 이리 힘들구나. 어찌 보면 내 인생도 이젠 내려가는 길인데, 내려가는 길도 겸손하고 조심해야지 후들거리는 다리를 부여잡고 다짐했다. 후배들 보기에 좀 창피한 생각도 들었다.

열정페이는 안 돼

역시 내가 문제다.

우리 전태일재단 작은 사무실은 다세대 주택 3층, 좁고 가파른 계단을 오르내리는데 계단 모서리마다 먼지 자욱하고 후미진 곳곳에는 낡은 거미줄이 출렁거린다. 출근 때마다 살짝 짜증이 난다. 이런 먼지나 거미줄은 나만 보이나? 이걸 보고도 마음이 불편하지도 않나? 이 사무실에 상시로 드나드는 사람이 반 상근 합하면 7-8명이나 되는데 개선 의지나 문제 제기가 없다. 그러니 지저분한 사무실 바닥은 말할 것도 없고 화장실 수건도 며칠씩 걸려 있을 수밖에. 큰 건물이면 관리비 속에 포함되어 계단이나 바닥 등은 알아서 적당히 깨끗하고 화장실 등도 적절히 관리될 텐데 작은 독립건물이어서 문제인지 사용하는 사람들의 주인의식이나 습관의 문제인지 나는 안타깝기만 하다.

기껏 공론화하여 내가 제안한 안이 한 주일에 하루쯤 시간을 정해 다 같이 청소를 하면 어떻겠느냐는 것이었다. 청소 전문 업체에 맡기자고 하면서도 결국 다들 내 의견에 동의하는 듯했다. 그러나 아주 흔쾌하진 않은 것 같았다.

　　속으로 '요것 봐라' 싶다가도 한 번 더 돌아보면 내가 문제였다. 내 속에는 아직도 자발적 헌신, 열정 뭐 그런 후진 생각이 똬리 틀고 있는 모양이다. 세상은 그게 아닌데 나는 아직도 구조가 아닌 사람에 기대고 있나 보다. 내 잘못을 인정하면서도 살짝 억울한 생각이 드는 것은 그야말로 내가 늙은 탓이리라.

알바노조 단식농성장에서

그 전화를 받은 게 잘못이었다. 비없세(비정규직없는세상만들기라는 단체의 줄임말)의 집행위원장 박점규가 무슨 일로 오랜만에 전화를 했는데 제 잇속 못 차리는 원체 착실한 친구라 경계심으로 무장할 겨를도 없이 덥석 물어버린 것이다. "알바노조가 최저임금 1만 원 관철시키려 국회 앞에서 단식농성 투쟁에 들어갔는데 너무 외롭고 힘들어요. 선생님께서 와서 좀 도와주세요."

전파를 타고 오는 목소리가 떨렸다.

"1일 동조단식과 기자회견에 나와주시면 돼요."

"그래 알았다"라는 말밖에 할 말이 없었다. 전화를 끊으니 한숨이 나왔다.

최저임금을 올리는 건 비정규직 싸움의 핵심인데 민주노총 한국노총 그 많은 시민단체는 다 어디 갔지? 지금 아르바이트 뛰지 않으면 다음 학기 등록도 못하는 알바생들만 쪼갠 시간 또 쪼개서 옹기종기 모여 바쁘다. 총선 때 최저임금위원회는 구조적으로 불가능한 인상을 약속했다. 당 대표 연설에서 다시 확인한 1만 원 단계적 인상안, 그것이 내수를 활성화하는 우리 경제 살리는 길이라는데 국회가 직접 나서서 실행하라는 상식적 요구를 왜 이렇게 힘없는 당사자들만 모여 처절하게 싸워야 하는지 도무지 이해가 가지 않았다.

부랴부랴 단식농성 투쟁 현장에 당도해보니 알바노조 박정훈 위원장은 10일 단식 발병으로 혈압이 크게 떨어져 병원으로 실려가고 난 뒤였다. 스물이나 됐을까 싶은, 애들 같은 젊은 이들만 초여름 따가운 햇볕에 새까맣게 탄 얼굴로, 살은 빠져버리고 광대뼈만 솟아 퀭한 눈망울로 "와주셔서 고마워요" 반갑게 인사하는데… 미안하고 죄스럽고 안타까워 쥐구멍이라도 찾고 싶었다. 그렇게 모인 고만고만한 사람들이 다 내 마음 같았다.

시간이 되어 기자회견이 열렸다. 그런데 기자는 간데없고 국회 건물만큼이나 짜증나는 오후의 모진 햇살만 자글거렸다. 나만큼이나 마음 약한 단병호가 '여는 말씀'을 몇 마디 했다. 전경 앞세우고 한편에 서 있던 경찰차에서는 "지금여러분들은기자회견을빙자하여미신고집회를…" 어쩌고 하며 "몇차경고를하니불응시에는전원체포…" 저쩌고 하며 해산 명령을 내리고 있었다.

그 가운데 뒤를 이어 마이크를 잡은 어느 알바노조 조합원이 "그렇게 밤을 새워 알바를 해도 먹고살 길은 없고 공부는 하면 할수록 빚만 느는데 졸업하고 그 빚 갚으러 또 비정규직 헉헉대다보면 연애고 결혼이고 나발이고 숨 쉬기도 갑갑한데 이게

166

무슨 세상이고 이게 무슨 나라냐?"고 흐느꼈다. 그러자 기다렸다는 듯 또 지랄을 한다. "영등포경찰서경비과장입니다여러분은지금집시법을위반하고…" 어쩌고.

미리 얘기가 없어 오늘은 면하나 했는데 어김없이 사회자는 나를 다음 발언자로 지목한다. 전 어쩌고 하는 거창한 소개에서부터 숨이 막힌다. 정말 할 말이 없다, 아니 할 수가 없다. "미안하고 미안하다, 젊은 후배 알바생들아. 내가 조금만 제대로 했더라도 너희들을 이 뜨거운 아스팔트 위에서 굶기지는 않았을 텐데… 그래도 어쩌겠니? 지금이라도 같이 싸우자"며 횡설수설 중언부언 앞뒤 없는 말을 지껄이는데.

"불법집회를계속하고있는여러분마지막3차경고입니다당장멈추지않으면전원현행범으로체포하겠습니다."

확성기 소리는 내 말을 깔아뭉개며 철책 담장 넘어 저 푸른 초원 넘어 국회의사당 그 웅장한 콘크리트 덩이 위로 퍼져가고 있었다.

나는 사회주의자다

젊은 시절 한때 나는 회의주의자였다.

공부와 알찬 경험이 모자라 역사와 현상이나 사물을 제대로 보지 못하고 판단도 실천도 확실하게 못하고 어정쩡하게 고민하며 혼란 속에 빠져 있는 회의주의자였다. 그런데 학생운동으로 단련된 후배들이 다가와 나를 친절하게 안내해주었다. 나는 열심히 모임에 나가고 부지런히 회의에도 참석해 아주 칭찬받는 또 다른 '회의주의자'가 되었다.

나는 또 한때 얼치기 사회주의자였다.

조직을 만들고 역할을 나누는데 나이 많은 나 같은 놈이론도 딸리고 실무도 맹탕이라. 내가 맡을 수 있는 직책이란 있어도 별 볼 일 없고 없어도 누가 찾는 이 없는 '부' 자 달린 임원이라. 집회 등에도 병풍이나 바람막이 역할을 하는 부회장 부위원장 뭐 그런 것이었던 것 같다. 열심히 회의에 참석하다보니 가끔 어쩔 수 없이 '땜질 사회'도 보게 됐는데, 그게 그런대로 괜찮았는지 정파는 헷갈리는데 치우침 없이 사회는 잘 보니

그냥 집회 사회나 하쇼, 하는 바람에 나는 졸지에 '사회주의자'
가 되었다.

　요즘 나라 꼴이 점점 힘들어져 청년 실업에 노인 빈곤, 사
회 양극화는 극대화 돼 민중의 삶은 영 바닥이다. 신자유주의
라는 막장 자본주의를 척결하지 않으면 도저히 어쩔 수가 없다
며 제대로 된 사회주의가 대안이라는데 그런 사회 만들려면 모
두 사회주의자가 되면 된다고. 하여 나부터 진짜 사회주의자가
되기로 하고 "그렇게 하려면 어떻게 살아야지?" 고민하고 있
다. 요즘. 이 나이에.

노회찬

노회찬이 고층 아파트에서 떨어져 죽었다는 소식이 월요일 사무처 회의 중 전해졌고 우리 모두는 경악했다. 가짜 뉴스가 아니냐고 몇 번이나 확인했고, 주요 언론의 속보로 떴으니 확실한 것 같다고 누군가 울먹이며 말했다. 다들 참담해하며 서로의 얼굴을 쳐다보는데, 그래도 믿을 수 없다는 표정들이었다. 드루킹 일당으로부터 돈을 받았다는 의혹이 제기되긴 했으나 본인이 부인하였기에 우리는 믿고 있었다. 혹시 받았다 하더라도 그것 때문에 목숨까지 던진다는 건 납득이 가지 않는 일이었다. 정치에 관해서는 관심을 잘 보이지 않는 후배에게서도 문자가 왔다.

"이게 무슨 날벼락입니까? 노회찬이 왜 그렇게 할 수밖에 없었나요?"

노회찬에 대한 관심과 애정이 이렇게 큰 줄 우리도 몰랐던 것 같다.

빈소에 조문객이 줄을 이었다. 특히 젊은 사람이 많았다.

가족이 함께 조문하는 경우도 자주 눈에 띄었다. 빈소를 지키는 당직자들 얘기로는 당원이 아닌 분이 더 많다고 했다. 노회찬이 방송에도 자주 출연하고 사이다 같은 시원한 발언으로 인기가 있다고는 하지만 꼭 그래서만은 아니었을 것이다.

국민들은 촛불혁명 이후 촛불정신을 구현하도록 문재인 대통령과 정치권에 위임했다. 문재인 대통령은 적폐 청산이나 한반도 평화 정착에 최선을 다했으나, 국회를 중심으로 한 정치권에서 오히려 대통령의 발목을 잡는 모습을 보여 크게 실망했다. 특히 홍준표를 비롯한 자유한국당 의원들의 행태는 실망을 넘어 정치혐오의 대상이 되기에 충분했다. 거기다 더불어민주당 의원들의 무기력하거나 기회주의적인 태도에 대해서도 크게 실망할 수밖에 없었다. 촛불혁명 이후 촛불정신을 반영한 새로운 헌법은 말할 것도 없고, 관련 법률의 제정이나 개정도 거의 전무하다시피 했으니 국민들의 배신감이 오죽했을까?

그때 깜박이는 희미한 불빛으로 보인 것이 진보정당 정의당이었고 스타 정치인 노회찬이었다. 정의당은 국회 안에서 발언권을 높이기 위해 고육지책인 평화당과의 연합전술도 마다하지 않았다. 잡소리나 헛소리 안 하기로 정평이 나 있는 노회찬이 방송 예능은 말할 것도 없고 JTBC〈썰전〉같은 프로그램에도 나가서 온몸을 던져 망가지기도 했다. 그러면서도 통합 원내대표를 맡아 고군분투하는 모습이 국민들의 눈에 띄기 시작했다. 드디어 당 지지율이 제1야당인 자유한국당을 넘나들게 되었다. 국민들은 정의당과 노회찬에게서 다윗과 골리앗의 일전을 은근히 기대하고 있었다.

그런 국민들은 안타깝기 그지없는 마음이었다. 그 정도에 그렇게까지 하느냐 속상해했다. 그러나 노회찬은 달랐다. 스스로 진보운동을 하는 자의 참모습을 보여줘 교훈이라도 남겨야겠다는 것이 마지막 판단이었던 것 같다. 그는 죽었지만 진보 정치인으로 시퍼렇게 눈을 뜨고 우리를 지켜보고 있다.

아내의 농장

모처럼 일찍 들어와 아내와 같이 저녁을 먹었다. 공치사 겸 남은 노령 안전도 생각하며 "역시 집밥이 제일 맛있고 좋아요" 간지러운 알랑방귀 인사를 하는데 아내가 후식이라며 대추보다 조금 큰 토마토 두 알을 내놓는다. "이거 우리 농장에서 딴거예요. 올해 첫 수확인데 드셔보세요" 한다.

나도 모르게 피식 웃음이 나왔다. 아내는 도시에서 나고 자라 시골이나 농사일은 잘 모른다. 더구나 나 같은 사람 만나 살면서 잘난 운동가 아내로 온갖 부담 혼자 다 졌으니 여유 있게 꽃 키우고 채소 가꾸는 건 언감생심. 전셋집 전전하느라 집에 정 주기도 어려운 처지였다.

그런 우리는 늘그막에 운이 좋아 성미산 자락으로 왔다. 우리 다세대 주택 담벼락 밑으로는 좁고 길쭉한 빈터가 있고 그곳은 잡초가 아주 무성했다. 그런데 아내는 거기다 뭘 심어보겠다고 했다. '하자주의자'인 나는 뭐든지 하자면 무조건 찬성이라. 속으론 그게 될까 염려했지만 아내는 기뻐하며 "드디어 나도 농장을 가지게 됐다"며 싱글벙글이었다.

보슬비 내리는 어느 봄날 갖가지 모종을 심었다. 들깨 셋, 고추 셋, 가지 셋, 토마토 둘, 완두콩 둘. 보자기만 한 땅을 부드럽게 갈아 상추와 파씨도 뿌렸다. 시골 내려가 살고 있는 큰딸네에서 퇴비도 얻어와 주고 산비탈 길모퉁이에서 돌나물, 민들레, 쑥도 캐다 심었다. 바람이 불고 햇살 내리고 비가 오고 시간이 가고 매일 한두 번씩 물도 주고 쓰다듬어주고 아내의 농장은 하루하루가 달랐다.

어느 날 돌나물과 여린 상추잎이 초장과 함께 밥상에 올라오고 민들레잎과 들깻잎도 올라왔다. 그리고 드디어 오늘 토마토가 온 것이다. "고추도 몇 개 달렸던데 따오지 그랬어요" 했더니 "그건 따다가 2층 잔소리 할머니 갖다 드렸어요" 한다.

"내년엔 호박도 심어봐야겠어요."

이제 웬만큼 자신이 생긴 모양이다. 아내는 오늘도 챙 큰 모자에 호미 찾아 들고 걸음도 씩씩하게 농장으로 나간다.

페이스북을 열며

―――――――

　페이스북, 카카오톡, 텔레그램 등 스마트폰을 활용한 새로운 사회적 소통망이 재미있다. 내가 글을 올리면 반응이 금방 오고 또 누구의 글에 댓글을 달면 금방 친해지기도 해서 참 좋다. 지하철을 주로 이용하는 나 같은 사람은 그 시간을 활용하기도 좋고 웬만한 안부 인사나 약속 등도 할 수 있어 괜찮다. 내 또래 늙다리들은 "야, 그 나이에 너 참 대단하다" 하지만 스마트폰 기능 이용 수준을 보면 남이 알까 창피하기만 하다.

　그런데 가장 큰 문제는 내가 올리는 글이나 댓글에 꼰대 냄새가 나는 것이다. 문장이 길고 느슨할 뿐 아니라, 내용도 설명과 잔소리가 대부분이고 남을 가르치려는 듯한 태도까지 묻어 있다. 교사 출신이 그 버릇 어디 가겠냐만 그게 결국 중언부언 별 쓸데없는 소리로 들리니 누가 그걸 좋아하겠는가?

　역사도 땅덩이도 깊고 큰 나라 인도 토속어인 산스크리트 옛말에는 '가르치다'라는 낱말이 없다고 한다. 대신 '안내하다'라는 말이 있어 교사는 남을 가르치는 사람이 아니라 학생을 지식과 지혜의 세계로 안내하는 사람, 즉 안내자 정도로 불렸다는 것이다. '가르치다'라는 말 속에는 은근히 뜯어 고친다, 잘못을 바로잡는다는 폭력성까지 내포돼 있어 그것이 자칫 권위주의와 결합하면 꼰대주의가 되는 것은 필연인 것 같다. 내 의식, 말, 행동 곳곳에 뿌리내리고 있는 '누군가를 가르친다'는 과도한 생각을 뽑아내지 않는 한 나는 늙은 꼰대일 수밖에 없구나… 생각하면서도 지금 쓰고 있는 이 글조차 주저리주저리 뭘 가르치는 것 같은 설명과 주장으로 채워져 안타까울 뿐이다.

가끔은 이런 일도 있다. 뭘 먹고 난 뒤 이빨 사이에 끼는 음식물 같은 댓글이 달려 낑낑거리다 할 수 없이 이쑤시개로 파내버리듯 지워버리는 일. 우선은 참 시원하다. 그런데 가만히 생각하면 결국 언제부턴가 내 이빨 사이가 벌어지고 틈이 생겨 거기에 이물질이 낀 것인데, 나는 거기 끼는 이물질만 탓하고 있다. 남이 나를 비판하고 나무라는 것은 대부분 나에게도 문제가 있는 것이 분명한데 그 소리 자체가 듣기 싫으니 내 소가지가 밴댕이 속이 되어가는 것 같다. 나이 들수록 이빨 사이 틈은 점점 벌어지고 거기에 편견과 고집이 자꾸 끼는 것 같아 슬프다.

어느 가을날

―――――――

2016년 10월. 완연한 가을인데 후텁지근 덥기만 했던 계절. 하늘은 푸르고 가끔은 시원한 바람이 불었으나 가슴 답답함을 어쩔 수가 없었다. 그때의 감정은 마치 우울의 전조, 절망에 이르는 길만 같았다.

어느 멀쩡해 보이는 젊은 부부는 입양한 아이를 학대해 숨지게 하고, 용의 이름을 한 수백억짜리 재단은 전경련이란 괴물 신에 의해 어느 날 순식간에 날개를 달고, 막강 집권 여당의 대표는 얼토당토않는 일로 목숨을 건 단식을 시작한 지 일주일 만에 구급차에 실려 병원으로 신나게 달려가고…. 경찰의 물대포에 의해 뇌진탕을 일으켜 뇌사 판정을 받은 어느 농민의 사망진단서는 병사로 둔갑하여 펄펄 날아다니고, '사드'라는 죽음의 미국 새는 기껏 이웃 나뭇가지에 날아와 앉아 즐거운 노래로 중국을 희롱하고….

남쪽 먼 곳에서 태풍이 올라온다는데 경주나 양산 그 언저리를 지나며 소문만 무성한 활성단층을 세게 건드려 세계 제일의 핵 밀집 지역을 흔들어버리면 졸지에 한반도는 핵 폭풍에 휩싸이고 그 후 수천수백 년 동안 삼천리 적막강산이 될 것만 같은 엉뚱한 불안감에 휩싸이기도 했는데. 이 또한 모두 나이 탓인가 생각했으나, 그래도 기분이 더럽고 가슴은 답답할 뿐이었다.

일흔다섯 늙은 가수 밥 딜런이 노벨문학상 수상자로 결정됐다는 소식이 바람처럼 빨리 전해져 오던 날 나는 경찰 물대포에 의해 살해된 일흔 즈음 백남기 농민을 추모하는 기독교인 기도회에 참석, 진상 규명 책임자 처벌을 외치고 있었다. 가을 바람은 시원했으나 때마침 '세월호 시국선언' 참여 문학인 754명을 포함한 9천437명의 예술인 블랙리스트 명단이 보도되어 분위기는 온통 참담에 뒤숭숭이 섞여 있었다.

"사람은 얼마나 많은 길을 걸어야/ 진정한 인생을 깨달을 수 있을까요?/ 흰 갈매기는 얼마나 많이 바다 위를 날아야/ 백사장에서 편히 쉴 수 있을까요?/ 친구여 불어오는 바람에 답이 있지. 오직 바람만이 대답할 수 있지."

이렇게 쓴 짧은 글에 곡을 붙여 '귀로 듣는 시'를 쓴 밥 딜런. 그는 노래로 행동하고 저항했다. 모든 폭력과 전쟁을 반대하고 정부와 국가를 비롯한 권력에 맞서 싸우며 정의·평등·평화를 외쳤다. 자유 해방의 삶을 살았다. 키 167센티미터, 대학 중퇴, 소수 인종 출신에 좌절하지 않았다. 여러 가지 금기는 극복의 대상일 뿐이었다. 그렇게 그는 쓰고 짓고 노래 부르며 자기 삶을 만들었다. 열심히 살았다.

대한문 앞에서 밤바람 맞으며 생각했다. '바람만이 답할

178

수 있는 그것'이 무엇인지. "내가 백남기다!" 속으로 외치며 불어오는 바람에게 물어보았다.

길상사 꽃무릇

길상사 꽃무릇 꽃이 진다네요
아직은 뭔가 어색하고 두려워
목소리로 보낼 수 없는 사연
굴뚝새 앉았다 떠난 잔가지처럼
가늘게 떨리는 문자로
반은 허공에 띄우는 풍등의 마음으로
그렇게 보내왔네요
길상사 꽃무릇 꽃 필 무렵
법정스님 계시던 초당 오르는
자야의 길에서
백석을 그리며
잘 익은 맑은 대추차 한잔 나누자며
그냥 눈빛으로만 약속했는데
한가위 추분 다 지나도록
그 잘난 모기 등속과 앵앵거리며 싸우느라
하늘 파랗게 높아가는 줄 몰랐네요
우물쭈물하다 내 이럴 줄 알았다
묘비명을 미리 쓴 누구처럼
나도 어영부영 한세상 보낼 것 같아요
꽃무릇 꽃 지면 또 어때요

이룰 수 없는 사랑이 참사랑이라고
길상사는 그렇게 모두를 안고
오늘도 말없이 서 있는 걸요

따뜻한 그 한마디

천주교 교종 프란치스코의 한국 방문 때 일이다. 서울공항에 내린 프란치스코 교종은 공항에 영접 나온 50여 명의 환영인사들에게 인사하며 지나가다, 세월호 참사 유가족 대표 앞에이르렀다. 그러자 걸음을 멈추고 슬픈 표정을 지으며 왼손을가슴에 얹고 조용히 말했다.

"마음속에 깊이 간직하고 있습니다. 제 가슴이 몹시 아픕니다."

이 한마디에 방송을 보던 유가족을 비롯 우리 모두는 자신도 모르게 울컥하며 솟구치는 눈물을 주체할 수 없었다. 진정한 공감의 힘이었다.

며칠 뒤 광화문 행사에서도 수십만이 모인 광장에 차를 타고 들어가던 교종은 수많은 인파 가운데서 '거짓말처럼' 멀리있는 유민이 아빠 앞에 섰다. 차에서 내려 한국 경호인들의 저지를 뿌리치고 유민이 아빠에게로 다가갔다. 그리고는 말없이팔을 벌려 유민이 아빠의 손을 꼭 잡아주었다. 유민이 아빠는 단식하면서 쓴 손편지를 내밀고, 교종은 정중히 받아 자기 주머니에 직접 챙겼다. 그때 하얀 교종의 법의 가슴께에 '반짝' 하고 노란 세월호 배지가 빛났다.

2015년 11월 14일 민중총궐기대회에서, 차벽을 세우고 물대포를 동원한 경찰의 과잉진압에 백남기 농민은 살해당하고, 민주노총 위원장 한상균은 경찰에 쫓겨 할 수 없이 조계사로 피신하게 되었다. 수천 명의 경찰이 조계사를 에워싸고 금방이라도 쳐들어가 끌어낼 급박한 상황이었다.

백기완 선생님을 비롯한 재야인사 몇 명이 경찰의 저지를 뚫고 조계사 마당까지 들어갔다. 한상균은 관음전 4층에 피신해 있었는데, 경찰이 겹겹이 막고 있어서 직접 만날 수가 없었다. 백기완 선생님이 격려 차 왔다는 소식을 듣고 한상균이 작은 창으로 얼굴을 내밀었다. 백 선생님이 나섰다. 주변에 있던 우리나 절 안에 있던 경찰 등 수많은 사람들은 긴장했다. 과연 백 선생님의 입에서 어떤 불호령이 떨어질 것인가에, 온통 관심이 가 있었다. 조금 뜸을 들이던 백 선생님이 드디어 한마디 하셨다.

"이봐! 한상균 위원장! 여기는 절집이야. 절집은 말이야, 밥 굶는 사람 밥 먹여주고, 잠잘 곳 없는 사람 재워주는 곳이야! 아무 염려 말고, 편안하게 있어! 알았지!"

우리는 피식 웃었다. 너무나 평범하고 당연한 얘기였기 때문이었다. 겉으로 보면, 그냥 고달픈 신세에 대한 위로였다. 한상균도 편안하게 웃으며 대답했다.

"네, 선생님, 잘 알겠습니다."

그러면서 말꼬리에 시퍼런 날이 서 있는 것을 볼 수 있었다. 백 선생님의 말 속에는 '조계사는 한상균 위원장을 내보내서는 안 되고, 한 위원장도 나가서는 안 된다'는 의미가 담겨 있음을, 한상균은 잘 알고 있었다.

조금 어색하고 긴장된 분위기를 눈치챈 백 선생님께서 한마디 보내셨다.

"야! 한 위원장! 혹시 조계사에서 쌀 떨어졌다면, 나한테 연락하라 해. 내가 보내 줄게!"

한상균을 비롯한 주변에 있던 사람들은 그야말로 '빵 터졌다'. 백전노장 백기완 선생님의 씹을수록 따뜻하면서도 따끔한 한마디였다.

지난 2017년 6월 10일은 6월항쟁 30년이 되는 날이었다. 오랜만에 정부 행사로 시청 광장에서 기념식이 열렸다. 그동안 성공회 성당에서 따로 열리던 행사가 합쳐지기도 했지만, 대통령까지 참석했으니 오랜만에 하나되는 느낌이었다. 날씨만큼이나 참석자들의 표정이 밝았다.

그날은 청계피복노조 출신 노동자가 주축인 청우회 회원들도 많이 참석했다. 아직도 넉넉한 형편은 아니지만 기들이 살아 있다. 스스로 촛불을 들어 만들어 세운 정부라 의미가 남다를 뿐더러, 당시 현충원에서의 문재인 대통령의 추념사 한마디가 큰 파동을 일으켰다.

"청계천변 다락방 작업장, 천장이 낮아 허리조차 펼 수 없던 그곳에서 젊음을 바친 여성 노동자들의 희생과 헌신에도 감사드립니다. 재봉틀을 돌리며 눈이 침침해지고, 실밥을 뜯으며 손끝이 갈라진 분들입니다. 애국자 대신 여공이라고 불렸던 그들이 한강의 기적을 일으켰습니다. 그것이 애국입니다. 이제는 노인이 되어, 가난했던 조국을 온몸으로 감당했던 시절을 회상하는 그분들께, 저는 오늘 정부를 대표해서 마음의 훈장을 달아드립니다."

진정한 애국자로 자기들의 이름을 다시 불러주는 대통령의 그 따뜻한 한마디는, 여공으로 살아온 평생의 한을 조금이나마 이해하고 풀어주기에 충분한 것이었다. 따뜻한 한마디의 힘이다.

백기완

　백기완 선생님을 찾아 뵀다. 어언 여든 중반, 연세도 연세려니와 심장동맥 여러 개를 이식하는 큰 수술을 하신 직후라 몹시 힘들어 보이셨다. 물론 그 기개만은 여전하셨지만. 당시 문재인 대통령이 평양을 방문 중이어서 화제가 자연스럽게 그쪽으로 가곤 했다.

　"문재인 대통령과 김정은 위원장이 70년 분단을 끝장내고 한반도에서 모든 적대행위와 군사행동을 중단하기로 한 것은 정말 잘한 일이야. 그러나 그것만 가지고는 안 돼! 만판을 열어야 해. 우리 한반도에서 새롭게 시작하는, 전 세계가 평화로 넘실대는 한바탕 만판을 말이야."

　박정희, 전두환의 모진 고문 후유증으로 평생을 힘들게 살아오셨으나 그 패거리들에 의해 조성된 분단의 고착화에 늘 분통을 터트리시던 선생님. 그런 선생님께서 온 민중이 함께 들었던 촛불의 힘으로 새로운 시대가 열리는 모습을 보셨으니 감개가 남다르셨을 것이다.

"이 위원장, 내 고향 황해도 은률은 말이야 여기서 평택 거리밖에 안 돼. 아, 거기 남으셨던 한 분 누이마저 몇 년 전 돌아가셨다니 나는 이제 돌아갈 고향마저 잃었어. 한가위면 모두들 고향 간다고 난리들인데 난 이제 끝났나 봐."

언제 어디서나 거침없이 쩌렁쩌렁하시는 천하의 선생님 두 눈자위가 촉촉이 젖어왔다. 그러면서 우리나라 동요 중에 으뜸이라며 〈반달〉을 목청껏 부르셨다.

"낮에 나온 반달은/ 하얀 반달은/ 햇님이 쓰다 버린 쪽박인가요/ 꼬부랑 할머니가 물 길러 올 때/ 치마끈에 달랑달랑 달아 줬으면."

어릴 때 배가 고프다고 칭얼대면 언제나 무릎에 앉히고 옛날얘기를 무궁무진 들려주시고, 그 이야기에 취해 자기도 모르게 잠들면 가만히 내려다보시던 할머니, 어머니가 몹시도 그리우셨던가 보다.

"금강산에 이산가족 상설 면회소를 마련한다니 몇 년 안에 고향 방문 길도 자유롭게 열리겠지요. 선생님, 그때까지 부디 건강하셔서 그리운 고향 산천이라도 다녀오셔야죠."

속으로 조용히 나도 〈반달〉을 따라 불렀다.

길상사에서2

길상사 영춘화 피면
양지바른 바위에 기대 앉아
맑은 차 나누며
봄맞이하자던 약속이
어느덧 여러 해 되었습니다
그해 겨울은 유난히 추웠지요
촛불에 녹여보기도 했지만
두 손 맞잡는 걸로는 부족한
그런 아픔이었지요
결국은 그렇게 떠나고
따사했던 약속만 남았어요
올해도 어김없이
마른 가랑잎 사이로
복수초 솟고
영춘화 노랗게 빛나겠네요
혼자서라도 가볼래요
작년에도 그랬던 것처럼
당신은 또 어떤 모습으로
거기 먼저 와 계시겠지요

어머니, 당신이 그립습니다

경기도 마석 모란공원 이소선 어머니 묘지 앞 잔디는 가을을 불러오는 선선한 바람에도 남은 여름 따가운 햇살 아래 누런 빛을 띠고 있었다. 이소선 어머니가 왼팔을 쭉 뻗기만 하면 안길 듯 다소곳이 앉아 있는 맏아들 태일이의 묘. 그곳 고뇌와 연민, 분노가 어우러져 묘한 표정을 짓고 있는 작은 흉상의 머리띠는 바랠 대로 바랬어도 '비정규직 철폐'의 구호는 선명하게 아로새겨져 있었다.

2016년 9월 3일. 어머니의 5주기 추모 행사가 열렸다. 어머니 살아 계실 때 크고 작은 투쟁집회 현장 그 앞자리에 언제나 나란히 앉아 계시던 백기완 선생님과, 동고동락하며 같이 지내던 이한열 열사 어머니 배은심을 비롯 유가협 식구들이 어머니 무릎 발치에 앉았다. 어머니께서 친자식처럼 아끼고 사랑하던 태일이 친구들과 청우회 회원들, 그리고 투쟁 중에도 한걸음에 달려온 양 노총 노동자들, 시민들, 청년들, 학생들이 둘러섰다. 평소 어머니 말씀대로 하나 되기 위해 이쪽저쪽 고루 모여 구성한 이소선합창단의 추모 합창을 시작으로 행사는 본격적으로 시작되었다.

어머니는 2011년 갑자기 쓰러지셨다. 의식이 없는 상태로도 한 많은 명줄을 놓지 못하고 가쁜 숨만 몰아쉬시던 어느 날 아침, 당시 한국노총 위원장 이용득이 먼저인지 민주노총 위원장 김영훈이 먼저인지 서로 통화를 하면서, 오늘은 우리가 같이 이소선 어머니를 찾아뵈면 어떻겠느냐는 제안에 기꺼이 그렇게 하기로 했다. 당시 입원 중이던 한전 한일병원으로 달려가 나란히 어머니 손 하나씩을 잡고 "어머니, 저희들 왔어요. 양노총 하나 되어 단결해서 싸우면 세상을 바꿀 수 있다고 하신 말씀 따라 그렇게 하려고 이렇게 달려왔어요. 어머니!" 이렇게 아뢰며 어서 일어나시라 간곡히 빌었는데, 어머니는 한말씀도 못하시고 오히려 오랜만에 편안한 얼굴로 "잘 알았다. 부디 꼭 그렇게 하여라" 당부하는 듯 조용히 눈을 감으셨다. 참 묘한 일이 아닐 수 없다. 어머니께서는 마치, 태일이 숨을 거둘 당시 부디 자신의 죽음을 헛되이 말고 노동자의 더 나은 삶을 위해 싸워줄 것을 당부하며 "어머니, 제가 못다 이룬 일 어머니께서 꼭 이루어주세요"라고 하던 유언을 양 노총 위원장에게 그대로 전달하는 것 같았다고 한다.

그날 추모 행사에서는 백기완 선생님이나 장남수 유가협 회장, 양 노총 위원장의 추모사도 절절했지만, 민선영 청년참여연대 운영위원장이나 김동수 전태일문학상 르포 부문 수상작가, '전태일길따라걷기' 현장교육 참여자인 경희대학교 학생 정시운 씨 등 젊은이들의 추모사가 한층 더 의미 깊었다. 이 젊은이들에게 전태일, 이소선은 모두 지나간 인물이지만 노동자의 힘든 삶이 지금도 계속되고 있는 한 그 의미가 새롭게 되살아나야 한다는 각성과 실천의 다짐은 그날 모인 모든 사람에게 희망의 메시지가 되어주었다.

매년 추석이 되면 우리 아이들을 앞세워 이소선 어머니 뵈러, 작은 과일 바구니 하나 들고 창신동 골목을 헤매던 기억이 새롭다. 골목이 좁고 꼬불꼬불하고 길어서 찾아갈 때마다 길을 묻곤 했었는데. 겨우 찾아가서 바깥으로 난 가파르고 좁은 계단을 올라가면, 거기 작은 단칸방에 앉아 계시던 어머니. 평생 가난이 그렇게도 자연스럽던 어머니. 어머니는 그렇게 평생을 가난한 노동자의 어머니로 가난하게 살다 가셨다. 내가 찾아뵐 때마다 말씀은 안 하셔도 온몸으로 "아직도 생존권과 노동자의 자존심을 위해 싸우다가 쫓겨나 길거리에서 농성하며 지내는 노동자들이 곳곳에 있는데, 내가 어찌 좋은 방에서 편히 자겠어요?"그렇게 말씀하시는 것만 같았다.

어머니는 오늘도 말씀하고 계신다.

"노동자가 세상의 주인이다. 하나 되면 무엇이든지 할 수 있다. 그래서 세상도 바꾸고 인간답게 살아야 한다."

부디 매년 11월 13일이면 열리는 전태일정신계승전국노동자대회와 5월 1일 열리는 세계노동절대회만이라도 한국노총, 민주노총, 정규직, 비정규직, 특수고용노동자 할 것 없이 모두 함께 모여 하나 되는 모습을 보였으면 좋겠다. 그래서 노동자가 세상을 바꾸었으면 좋겠다. 그것이 전태일과 어머니께서 지금 우리에게 들려주시는 따뜻한 한마디일 것이다.

전태일 평전

　야간 대학을 다니며 어렵게 교직 과목을 이수하고 교사 자격증을 땄다. 아무리 생각해도 선생이 되기에는 많이 모자랐다. 교사가 부족한 시절이라 스물일곱에 발령은 쉽게 받았지만 학생들 앞에 서는 일이 여간 버겁지 않았다. 교사로서의 자기 정체성이 확립되어 있지 않았으니 오죽했겠는가? 대학원을 진학하고 연수를 받고 따로 야학에서 가르치기도 하며 몸부림을 쳤지만 헛헛한 마음은 채워지지 않았다. 너무 힘들어 다른 길로 가볼까 고민하다가 우연히 『전태일 평전』을 만났다. 상당한 두께였는데 한번 든 책을 놓을 수가 없었다. 주체할 수 없는 눈물을 삼키고 삼키며 밤을 새워 읽었다.

　내가 고등학생이 되던 1965년, 전태일은 천신만고 끝에 평화시장 삼일사에 미싱보조로 들어가 본격적인 노동자가 됐다. 1970년 법으로 보장된 노동자의 권리를 확보하기 위해 고군분투하다 '근로기준법'을 끌어안고 분신 항거하던 때 나는 대학 3학년이었으니 충격이 아닐 수 없었다. 그런 전태일이 나와 동갑내기라니, 나는 뭔가 크게 빚진 것 같은 마음을 버리지 못했다. 대학생 친구가 한 명이라도 있었으면 하던 그의 소원이 나를 부끄럽게 했다.

『전태일 평전』은 대부분 전태일이 직접 쓴 일기 등 수기에 근거하고 있음에도, 비슷한 나이(조영래는 전태일보다 한 살 많음)의 조영래 변호사의 시대를 꿰뚫는 뜨거운 눈길 속에서 되살아나 우리 모두를 감동시키고 있다. 나는 다시 스스로를 다잡으며 학생들에게로 다가갔다.

이후 나는 운명처럼 교육운동을 시작했고 이어 노동운동으로 연장되는 삶을 살았다. 때론 힘들고 고달프지만 태일이가 끌어안았던 '근로기준법'처럼 내 안에 언제나 있는 『전태일 평전』을 통해 위로를 받고 힘을 얻고 있다.

이소선 어머니와 더 가까워지기 시작한 것은 내 어머니 신차경 여사가 돌아가시고 난 뒤부터다. 평범한 국어 교사였던 나는 교육운동에 뛰어들었고, '투사'가 되었다. 내성적인 성격 탓에 매사에 소극적이고 자신이 없었던, 남 앞에 나서는 것조차 싫어하고 두려워했던 내가 어떻게 그렇게 달라졌는지 나도 잘 모르겠다. 절박한 상황이 그렇게 만들었겠지만 아마 내 내면에 감추어져 있는 그 무엇이 있었던 게 아닌가도 싶다.

나는 전교조 결성과 함께 감옥에 갔고 6개월 동안 옥살이를 했다. 감옥에서 좀 더 단련됐던 것 같다. 출옥하여 서울지부장 선거에 나섰다가 떨어지고 무얼 할까 하던 중 민자당일당독재분쇄와민중생존권쟁취국민연합(국민연합)이란 긴 이름의 한시적 연대 투쟁 조직의 집행위원장을 맡았다. 그리고 1년 만에 수배를 받게 됐고, 그 상태로 강경대대책위원회 집행위원장까지 맡아 노태우정권과 치열하게 싸우다 다시 구속됐다.

당시 고령의 내 어머니는 암까지 앓으시면서 막내인 나를 늘 걱정하셨는데, 당신의 신에게 나를 위해 기도하느라 눈물이 마를 날이 없었다. 내가 교육운동에 뛰어들어 책임을 맡고 TV에도 자주 나오고 하니까 마음 약하고 착한 네가 오죽하면 그러겠느냐 하면서도 가족을 생각해서라도 감옥만은 가지 말라 하셨는데 그 말씀을 따를 수가 없었다. 어쩔 수 없이 두 번째 감옥에 갔을 때 온몸에 암이 퍼진 상태로 어렵게 면회를 오셔서 하염없이 눈물만 흘리셨다. 나는 내 불효를 감당하기 힘들어 면회실에서 다시 감방으로 들어가며 부디 내가 감옥에 있을 때 어머니가 돌아가시지 않게 해달라고 기도했다. 내 기도는 들어줄 것만 같았던 하나님을 붙들고 간절히 매달렸다. 믿음이 부족한 내 기도는 무시되었고 어머니는 면회하고 가신 지 일주일 만에 돌아가셨다. 못난 내 얼굴을 한 번이라도 더 보시려고 무리하게 오셨던 것이다. 그리고 나는 외로운 고아가 됐다.

명절은 말할 것도 없고 시간을 내서라도 이소선 어머니를 찾아뵙기 시작한 때가 그때부터였다. 전태일이 동갑이었기에 더더욱 이소선 어머니가 내 어머니처럼 생각됐다. 명절에는 우리 아이들과 같이 인사를 드리러 가기도 했다. 창신동 꼬불꼬불한 골목, 늘 찾아가도 헷갈리던 그 어디쯤 단칸방에 이소선 어머니는 계셨다. 내 어머니보다 연세는 적었지만 온갖 세파에 시달리며 고생만 하면서 살아오셔서 안 아픈 곳이 없었다. 외국에서까지 후원금을 보내오고 이래저래 도와주는 분도 많았지만 어머니는 늘 가난했다. 더 어려운 노동자들이 많고 청계피복노조를 비롯하여 민주노조들은 늘 탄압 속에 있었기에 어머니 손에 돈이 붙어 있을 날이 없었다.

어머니를 뵐 때마다 이런저런 얘기를 하다보면 자연스럽게 태일이와 조영래 변호사에 대한 얘기가 나오곤 했다. 태일이의 마지막 순간을 얘기하실 때는 언제나 눈물이 반이었지만 노동운동에 대한 간곡한 부탁에 이르러서는 아무리 자식이라도 정말 지독한 놈이라고 혀를 차곤 하셨다. 민청학련 사건으로 수배 상태에 있으면서도 『전태일 평전』을 쓰기 위해 고군분투하던 조영래 변호사 얘기가 나오면 어머니도 흥분하기 일쑤였다. 몰래 만나 얘기를 나누기 위해 변장을 하고 마치 서로 연인인 것처럼 행세를 하던 대목에서는 너무나 생생하고 재미있게 얘기를 하시는 통에 듣는 우리도 함께 마음을 졸였다.

이토록 어렵게 쓰인 『전태일 평전』은 당시에는 출판할 수가 없었다. 그 존재 자체를 당국에서는 불온시하며 압수하려고 혈안이 돼 있었다. 원고는 어렵게 일본으로 건너가 일본어로 번역되어 그곳에서 먼저 출판되었다. 우리나라에서는 1983년에 『어느 청년노동자의 삶과 죽음』이란 이름으로 발간됐는데 작가는 밝히지 못했다. 글쓴이가 조영래 변호사로 밝혀진 것은 조영래 변호사가 타계한 다음 해인 1991년이었다.

전태일의 삶만큼이나 기구한 운명의 『전태일 평전』은 나를 비롯한 수많은 사람의 삶의 방향을 올바르게 잡아주는 길잡이가 됐다.

일요일은 쉬게 하라

1970년 11월 13일 스물세 살의 청년 노동자 전태일은 시대의 어둠을 걷어내기 위하여 분신 항거하며 스스로 첫 번째 촛불이 됐다. 『전태일 평전』에 따르면 그때 전태일이 외쳤던 구호는 "근로기준법을 준수하라!", "우리는 기계가 아니다! 일요일은 쉬게 하라!", "노동자들을 혹사하지 말라!"였고 "내 죽음을 헛되이 말라!"는 현장 취재 차 달려온 기자들을 향해 울부짖으며 한 외마디 소리였다.

6일은 열심히 일하고 7일째 하루는 쉬는 제도는 기독교 창조 신화에서 비롯된 것임을 우리는 익히 알고 있다. 조물주 하나님께서 6일간 모든 만물과 인간까지 창조하는 노동을 하시고 이레째는 쉬셨다는 기독교 경전 『창세기』의 기록. 그것이 보편화되면서 주 개념이 생겨나고 제도화된 것이 근로기준법이다. 그래서 전태일 당시의 근로기준법도 일요일은 쉬도록 법조문으로 명시한 것이다.

그러나 당시 일반 중소 영세 사업장은 이를 지키지 않았다. 전태일과 그의 친구들이 일했던 평화시장 봉제 업체들도 마찬가지였다. 또 근로기준법은 하루 여덟 시간 노동을 명시하고 있었으나 이를 지키는 업체도 거의 없었다. 평균 연령 14-5세의, 시다라는 이름의 어린 여공들이 다락방이라는 최악의 근무 조건 속에서 어떤 복지 시설의 혜택도 없이 혹사당하는 것을 전태일은 차마 그대로 보고 있을 수가 없었던 것이다.

그 당시 노동의 대가인 임금도 엄청나게 낮았다. 시다라 불리는 보조 업무를 담당하던 어린 여공들의 하루 임금이 커피 한 잔 값이었다니 더 말해 무엇 하겠는가? 오죽했으면 끼니도 때우지 못하는 여공들에게 전태일이 차비를 아껴 풀빵을 사 주었겠는가?

그런데 전태일은 분신 항거의 구호로 임금 인상을 요구하지 않았다. 어차피 장시간 노동이 불가피한 당시 여건이고 보면 임금이라도 제대로 지불하라고 할 만한데 이상한 일이 아닌가. 지금도 '시간 외 근무'다 '잔업'이다 하면서 노동 시간을 돈으로 환산해 임금을 보전하며 노동력 착취의 수단으로 삼고, 일부 노동자들은 오히려 거기에 기대어 생활하고 있는 형편인데 그 당시 "일요일은 쉬게 하라!"라는 구호를 외쳤다는 것은 정말 대단한 일이라 하지 않을 수 없다. 전태일의 기본과 원칙을 중시하는 탁월함이 돋보인다.

교육운동, 노동운동으로 한평생을 살아온 나는 어떤가? 나는 얼마나 기본과 원칙에 충실했는가? 기본과 원칙의 바탕이 되는 인간 본연에 얼마나 부합한 삶을 살아왔는지 돌아보게 된다.

엉터리였다. 운동적 삶을 핑계로 자신과 가족에 너무도 불

성실했다. 정당한 일을 하다가 불의한 권력에 의해 수배를 당하거나 감옥살이를 하며 불가피하게 집에 못 들어간다든지 가족에 소홀한 것은 그렇다 치더라도 운동하네 하며 과도하게 의미를 부여하며 방종의 생활을 누린 것 같아 죄스럽기만 하다. 회의 등을 핑계로 집에는 잘 들어가지 않으면서 세상을 탓하고 술자리나 찾아다니며 일탈의 생활을 합리화한 잘못을 고백하지 않을 수 없다.

아내와 세 아이에게는 정말 할 말이 없다. 남편은 무엇인가 '큰일'을 하기 때문에 아내는 남편 몫까지 가정을 책임지고 말없이 고달픈 세월을 살아왔다. 나는 일하는 만큼 아니 그보다 더 많이 사회적으로 인정도 받고 주위의 칭찬도 들었다. 덕분에 잘난 척하며 밝은 햇볕에서 살았지만 아내는 온통 어둠 속에서 모든 구체적 어려움을 담당하며 살았다. 가끔 들어온 남편은 살뜰하지도 친절하지도 않았다. 오히려 밖에서 하는 일을 제대로 알아주지 않는다고 은근히 신경질이나 냈다. 가족에 대한 책임이나 성실, 의심할 만한 도덕적 문제 등에 대해서도 말도 꺼내지 못하는 분위기가 조성됐다. 아내의 몸과 마음이 알게 모르게 망가지고 있었다.

딸, 아들, 딸 세 아이들에게는 정말 죄인이다. 필요한 양육의 책임을 거의 방기하다시피 했다. 바깥을 중시하고 온통 거기에 정신을 쏟으며 30년 이상을 살아왔으니 가장 필요한 시기인 초 · 중 · 고 시절에 그들에겐 아버지는 없었다. 지금 되돌아보면 얼굴만 화끈거린다. 일흔이 되며 지금부터라도 잘 해야지 하지만 이미 그들은 아빠가 필요한 아이들이 아니니 회한만 켜

켜이 쌓일 뿐이다.

그런데 팔자인지 복인지 나는 이 나이에도 이런저런 일이 많아 바쁘게 지낸다. 마지막 봉사라고 생각한 전태일재단 일도 서울시가 마련한 전태일기념관을 위탁받아 운영에 들어가면서 더욱 분주해졌다. 〈태일이〉라는 애니메이션 영화를 명필름과 공동으로 만드는 등 50주기를 기념하며 새로운 전태일운동으로 발전시키기 위한 노력이 한창인 것이다. 그래도 뒤풀이, 2차 등은 포기하고 집으로 들어가는 등 나와 가족을 최대한 보호하는 원칙을 세우려 노력하고 있다.

전태일의 요구대로 일요일은 무조건 쉬며 가족과 함께하려 애쓴다. 종교생활 등이 불가피하지만 쉬는 마음으로 가족과 함께 편안하게 보내니 큰 문제는 되지 않는다. 나는 의사의 처방으로 매일 부정맥약과 혈압약을 먹고 있다. 날마다 시간 맞춰 빼먹지 않고 챙겨먹는 것도 보통 일이 아니다. 언제부턴가 이 일도 한 주일에 하루쯤 쉬었으면 좋겠다는 생각이 들어 일요일은 먹지 않는다. 아내는 걱정하지만, 실은 어느 날 갑자기 내게 닥쳐올 '만약의 날'이 일요일이라면 좋겠다. 이제 별 여한이 없으니, 어느 쉬는 날 일요일 갑자기 숨이 끊어지면 그것도 괜찮겠다 생각이 드는 것이다.

그늘이 될 수 있다면

언제부터인가 귀가 잘 들리지 않는다. 여러 사람과 함께 애기를 나누다보면 다른 사람들은 다 자연스러운데 나만 귀를 쫑긋 세우거나 귀를 모아 특별히 신경을 써도 무슨 말인지 명확지 않을 때가 많다. 분명히 내 귀에 문제가 생긴 것이다. 어찌 보면 이 나이에 자연스러운 일인데 솔직히 그걸 받아들이기 어려울 때가 많다.

그러나 또 언제부터인가 그렇게 한 절반만 듣더라도 분위기에 따라 대충 짐작하고 적당히 웃으며 넘어가도 큰 불편이 없다. 내용을 잘 모르니 내가 나서서 악쓸 일도 별로 없고 가벼운 웃음만 빙그레 띄우니 다 이해하고 받아들이는 줄 알고 오히려 다들 좋아하는 눈치다. 귀가 잘 들리지 않게 된 것은 이제 그 정도 듣고 그 정도 반응하라는 신호일지도 모른다. 그렇듯 넉넉히 살아야지 하면서도 그런 상황이 지금도 가끔 안타까운 걸 보면 아직 내가 내 주제를 잘 모르거나 나잇값을 잘 못하고 있는 모양이다.

돌아보면 부끄러움뿐이다. 아쉬움과 안타까움도 조금은 있으나 부끄러움이 너무나 커 다른 것들은 그냥 스쳐가는 바람이다.

누구와 말을 할 때는 더욱 그렇다. 아무리 봐도 내 말이 그에게 위로가 되거나 용기를 주지 못하는 것 같다. 아직도 듣는 것조차 서툰데 무슨 쓸모 있는 말을 되돌려 주겠는가? 같이 어딜 가거나 함께 있는 것도 그렇다. 무슨 연륜의 은근한 향기라도 있어 같이 있는 것만으로도 기분이 좋고 힘이 돼야 하는데 오히려 염려와 부담이 될 뿐이다.

초가을 햇살이 따갑게 반짝이는 건널목 느티나무 그늘에서 생각한다. 나도 이 나무처럼 숨 가쁜 누군가에게 잠시라도 숨 돌릴 그늘이 될 수 있다면. 가을이 더 깊어지면 노랗게 잎을 물들여 그들에게 조그만 기쁨 하나 줄 수 있다면. 그러면 내 나이의 이 부끄러움이 조금은 옅어지려나. 높푸른 하늘을 가만히 바라본다.

은행나무

사람으로 태어나 살면서 내 첫 기억은 경상북도 달성군 가창면 행정리에서 시작한다. 국민학교(현재 초등학교)에 들어가기 전이었다. 마을 어귀에 5백 년도 더 된 큰 은행나무가 있어마을 이름을 '행정리'라 붙였다 한다. 마을 사람들은 이 은행나무를 마을을 지켜주는 수호신으로 알고 신령스럽게 여기고 모셨다. 우리 꼬맹이들이 팔을 벌리고 손을 잡고 대여섯이 둘러서도 손이 잘 안 잡힐 정도였다.

그 큰 덩치에 오색실로 엮은 금줄이 둘러쳐져 바람에 날리고, 앞에는 살평상이 놓여 있어 여름에는 어른들이 삼삼오오모여 앉아 언성을 높이며 부채질을 했다. 정월대보름이면 마을어른들은 이 은행나무 앞에 음식을 차려놓고 당제를 지냈는데쥐불놀이에 지친 우리 꼬맹이들은 때맞춰 그곳으로 몰려가곤했다. 어른들이 울긋불긋 옷을 차려입고 꽹과리에 장구며 북에징까지 울리며 농악을 치는 것도 구경할 만했으나 실은 제사가 끝나면 나누어 주는 먹을거리에 더 마음이 가 있었다. 팥고

물이 넉넉한 시루떡도 좋았지만 고소한 기름내 풍기는 여러 전 쪼가리가 훨씬 맛있었다.

우리는 이게 다 은행나무 덕이라 생각하며 고마워했다. 그 은행나무는 너무도 당당하게 서서 마을을 지켜주고 우리에겐 맛난 것을 골고루 나누어주었다. 60년도 더 전 일인데 지금도 그러는지 모르겠다.

내가 군에서 제대하자마자 발령을 받아 간 곳이 울진군 근남면 장평리 제동중학교였다. 스물일곱 나이였지만 철이 다 들었다고 생각했었다. 그해 10월 31일에 제대를 하고 11월 1일 부임을 했다. 세 학급짜리 신설 중학교였다. 교장까지 해서 6~7명의 교사가 근무하고 있었다. 날을 받아놓은 나는 11월 9일 대구까지 가서 결혼식을 올렸다. 토요일이었고, 다음 월요일부터 바로 출근을 했다. 신설 중학교라 1학년 2백여 명의 학생밖에 없었는데도 당시 나는 그래야 한다고 판단했다. 스물다섯 살 아내에게는 공기도 좋고 경치도 좋은 시골이니 신혼여행이라 생각하고 가자고 설득했던 것 같다.

그렇게 시작한 나의 첫 교단생활은 온통 학교와 학생뿐이었다. 남편 하나만 바라보고 그 먼 시골까지 온 아내는 선뜻 마음을 잡지 못했을 것이다. 그러던 어느 주말 우리는 큰마음을 내어 그리 멀지 않은 곳에 있는 불영사에 놀러 갔다. 모처럼 둘이 호젓한 시간을 보내고 싶었다. 왕피천을 따라 불영계곡을 오르다보면 거기 맞춤한 곳에 아주 오래된 절인 불영사가 있었다. 계곡을 지나 소나무 숲길을 한참 올라가면 하늘이 열리며 절집이 보였다.

그런데 내 눈에는 그 기와보다는 샛노랗게 물든 은행잎이 파란 하늘을 배경으로 하늘거리는 풍경이 먼저 보였다. 이미 다른 활엽수는 잎이 다 진 늦가을이었는데 그 큰 은행나무 노란 잎만은 수천수만이 반짝이며 나에게 손을 흔들었다. 그리고 아무리 힘들더라도 더 큰 용기와 힘을 내라고 격려하는 것 같았다. 우리는 이곳저곳 돌아보며 사진도 찍고 물이 잘든 은행잎을 주워 손가락에 끼워도 보며 해가 저무는 줄도 모르고 재미있게 놀았다. 그 뒤 내 삶이 힘들고 형편이 어려울 땐 이 은행나무를 떠올리며 위로를 받고 힘을 얻었다.

2005년 가을 민주노총 위원장이었던 나는 조직 내 불의의 사고로 사퇴할 수밖에 없었다. 사퇴의 결심을 알리자 우리 임원들이 나와 운명을 같이하겠다며 총사퇴를 결의했다. 말렸지만 어쩔 수 없었다. 총사퇴를 결행하는 기자회견을 마치고 우리는 사무실을 나섰다. 막막했다. 우리는 승합차에 올라 동해를 바라고 달렸다. 같이 울분도 삭이고 머리도 식히기 위해서였다. 나는 불영계곡 쪽으로 차를 몰게 했다. 가는 길에 먼저 불영사에 들러보고 싶었다.

계곡도 산도 소나무 숲길도 그대로였다. 말없이 나를 따라오던 우리 임원들과 같이 산모퉁이를 돌아들자 눈앞에 갑자기 수없이 많은 노란 손수건이 휘날리고 있었다. 아, 그 은행나무였다. 서로 말은 없었지만 따뜻한 위로와 새로운 생각을 하는 계기가 됐던 것 같다.

2009년은 나에게 특별한 한 해였다. 아니 우리 모두에게 그랬다. 그해 1월 용산 재개발 예정 4구역 남일당 옥상에 세워졌던 망루가 경찰의 진압 작전에 의해 불타고 철거민 다섯 분과 경찰 한 분이 돌아가셨다. 대테러 작전을 방불케하는 경찰의 과잉대응이 불러온 참사였다. 너무나 어처구니없고 처참했다. 당시 민주노동당 최고위원이었던 나는 현장으로 달려갔고 세상에서 가장 참담하고 억울한 희생자의 가족들과 종교인들, 시민사회 활동가들 등과 함께 농성에 들어갔다. 참사의 진상 규명과 책임자 처벌을 요구하기 위해서였다. 나는 거의 매일 농성장으로 갔다. 날벼락을 맞은 가족들과 누군가는 같이 있어 주어야 했기 때문이었다.

남일당 앞 인도에는 은행나무 가로수가 있었다. 아주 크지는 않았지만 제법 굵었다. 봄이 오기까지는 거기 그런 나무가 있었는지도 몰랐다. 워낙 먼지에, 바람에, 그리고 참사의 불길에 시달렸던 터라 도저히 잎이 나지 않을 것 같았는데 늦은 봄 뾰족뾰족 새잎이 돋는 것이 보였다. 농성하던 우리들은 비로소 살아 있는 은행나무가 옆에 있다는 것을 알았다. 여름에는 제법 시원한 그늘을 만들어주기도 했다. 그러나 그 잎이 노랗게 물들도록 해결되는 건 아무것도 없었다. 오히려 온몸이 부서지며 겨우 살아남은 철거민을 살인죄로 기소하는 만행을 검찰은 저지르고 있었다. 은행잎이 노랗게 이리저리 날리던 어느 날 은행나무 밑 농성장을 지키던 유족 한 분이 은행나무를 쳐다보며 한숨을 지었다.

"참 이상도 하네. 작년에는 그렇게도 은행이 많이 달리더니 올해는 한 개도 없네."

그리고 찬바람이 불자, 은행잎은 속절없이 떨어져 이리저리 흩날렸다. 남일당 옆 골목 다른 쓰레기들과 함께 섞여 쌓이기도 하고 아스팔트 위를 뒹굴다가 차 바퀴에 짓눌려 가루가 되기도 했다. 그해가 다 가도록 우리는 장례조차 치르지 못하고 발을 동동 굴렀는데 잎 떨린 은행나무도 한 개의 은행도 달지 못한 채 그을린 모습으로 자리를 지키고 있었다.

목욕탕에서

———————

아들 내외와 우리 부부는 정말 오랜만에 고향 부모님 산소를 찾았다.

학생들 가르치며 알콩달콩 살아가는 부부 교사인 아들네. 이 어려운 세태 생각하면 정말 기특하고 갸륵하다고 아내는 가끔 눈시울을 붉히기까지 하는데…. 그 아이들 학교 다닐 시기에 교육운동이네 노동운동이네 하면서 집에도 잘 못 들어갔던 나로서는 늘 미안한 마음 뿐, 다만 속으로 몰래 "잘 자라줘서 고마워"라고만 한다.

바다가 넓게 바라보이는 산자락 할머니, 할아버지 묘 앞에 선 우리. 배 속 봄이까지 3대 다섯이 나란히 서니 온갖 감회가 파도처럼 밀려온다.

봄기운은 어린 햇쑥 새잎 위에서 따사하게 보송거린다. 부근 휴양림에 숙소를 정하고 피로도 풀 겸 온천탕에 갔다. 언제 아들과 목욕탕엘 갔었지? 기억이 아삼삼하다. 벌거벗고 어색하게 엉거주춤 서 있는데 "아부지, 등 밀어드려요?" 한다. 서른여

덟 아들이 일흔 아비 등 미는 느낌은 어떨까? 품앗이로 나도 등을 미는데 10년차 교사 아들 등짝이 어찌도 그리 편편하고 든든한지.

목욕탕 김 때문인가? 갑자기 눈앞이 뿌옇게 흐려왔다.

군밤 한 봉지

친구들과 중국 여행을 다녀온 아내가 내게 미안했던 모양이다. 중국 장가계 패키지여행 상품이 TV 선전에 헐값으로 뜨자 장가계는 죽기 전에 꼭 한 번은 봐야 한다고, 다녀오라고 인사조로 넌지시 권한다.

일행도 없이 무슨 재미로 가느냐고 슬쩍 뻗대보는데, 순진하기만 한 막내 사위가 옆에 있다가 저도 마침 그 기간 시간 낼수 있으니 자기가 모시고 가면 된다고 나선다. 그래서 사실 영어색한 장인 사위가 한 쌍이 된 중국 여행이 시작되었다.

"밤이천원!"

천하명승 호남성 장가계 경계에 들어서자 한국인인 줄 눈치로 때려잡고 얼마 전까지만 해도 그곳 주인이었던 꾀죄죄한 장 씨 후손들 소리친다. 군밤 한 봉지 천 원이면 양도 괜찮다 싶어, 자기 땅 빼앗기고 어렵게 사는 원주민도 도울 겸 갸륵한 마음으로 천 원짜리 한 장 흔들며 집어드는데 느닷없이 천 원을 더 내란다. 분명히 '밤이 천 원'이라 하지 않았나 하니 무슨 말,

'밤 이천 원'이라 했다 한다.

"이거 사기 아니야!" 내가 화를 내는데 가이드가 달려와 일부러 그런 것은 아니니 그냥 주라 한다. 그러면서 한마디 덧붙인다. 중국 땅에서 소수민족으로 사는 게 보통일이 아니라며 조선족으로 살고 있는 자기를 봐서라도 좀 이해해달라며 눈물을 글썽인다.

한심한 놈

나는 오늘도 우리 작은 사무실 몇 안 되는 식구들 마음을 편안하게 하지 못했다. 조금 다른 생각을 기꺼이 받아들이지 못하고 아닌 척하면서도 인상을 쓰고 낑낑거렸다. 나도 힘들었다. 나는 정말 한심한 놈이다. 언제나 그렇게 쉽게 무너진다.

어제 저녁에는 모임을 끝내고 뒤풀이를 했다. 작은 생맥줏집에 20명 이상이 한꺼번에 닥치니 안주가 제때 나오기 힘든 건 당연했다. 먼저 나온 안주를 가로채다시피 앞자리 젊은 축들이 가져가버리고 우리는 하염없이 기다릴 수밖에 없었는데, 나는 참지 못하고 고생하는 총무에게 한마디 하고 말았다. 왜 토론 사회는 잘 보더니 안주 관리는 제대로 못하냐고 점잖게 유머처럼 얘기했지만 속 좁은 비아냥이었다.

뱉어 놓고 돌아오는 반응을 보며 아차 내가 또 엄청난 못난 짓을 했구나 했을 때는 이미 늦었다. 밀려오는 후회만큼이나 자신이 싫었다. 정말 싫었다. 조금만 점잖게 기다리면 되는 걸, 남들은 다 잘도 참는데. 이 좀생이. 형편없는 놈. 나는 늘 그렇게 가볍고 비루했다.

나이 헛먹었다는 말 이래서 생겼구나. 나이 많아지면 참을성은 약해지고 고집은 더 세지고 눈치마저 떨어지는데, 그걸 늘 염두에 두고 끊임없이 자기를 돌아보고 또 돌아보곤 해야 하는데, 내가 바로 어물전 꼴뚜기였구나. 이게 바로 꼰대로구나.

해일처럼 밀려오는 후회로 술맛마저 잃었다.

묵은지 삶

열정 하나로 패기 넘치게 선생 노릇하던 젊은 날, 깨달은 바 있어 실천하기로 한 자신과의 약속을 학생들에게 공표함으로 보증을 삼았다. 바로 비폭력의 다짐이었다. 매 해 첫 수업시간 학생들에게 "어떤 폭력도 반교육적이므로 나는 일체의 폭력 행위를 하지 않겠다", "여러분 앞에 엄숙히 다짐하며 약속한다" 뭐 이런 식이었다. 참 어려웠지만 나는 그 약속 때문에 교단 생활을 간신히 유지할 수 있었다.

다시, 이 나이에 겨우 깨달은 바 있어 나 스스로에게 약속하고 실천하기 위해 애쓰고 있는 내 행동거지를 여기 만천하에 공개하고자 한다. 이로써 힘을 얻고자 한다.

"가까운 사이일수록 말을 주고받을 땐, 힘들더라도 끝까지 경청하며 중간에 말을 자르거나 끼어들지 않는다. 어떤 경우라도 거부하거나 부정적 반응을 보이지 않는다. 어떤 말이라도 그대로 인정하고 받아들이며 내 말을 시작한다. 그리고 상대가 조금이라도 기분 나빠할 말은 아예 하지 않는다."

세상에 나만 못한 사람이 어디 있으며 상대방을 존중하고 좋아하는데 마음을 열고 대해주지 않을 사람 어디 있으랴. 가족에게는 더욱 그렇다.

모든 불통과 다툼의 원인 제공과 책임 대부분이 내게 있다는 걸 분명히 알고 겸손히 머리 숙이고 사는 지혜, 묵은지가 들어가야 찜이든 찌개든 은은히 맛이 잡히는 그 깨달음을 준 일흔 나이를 고마워한다.

로키에서

막내딸 부부는 나의 칠순을 기념하여 무엇인가 꼭 하고 싶었던가 보다. 제일 무난한 게 해외여행이라며, 어디가 좋겠냐고 바람을 잡으며 생색을 내는데 속으로 '요놈들 봐라' 하면서도 기분이 썩 나쁘지 않았다.

둘 다 직장 생활로 바쁜 몸들이라 같이 가기는 당연히 어려울 테고 얼마간 여행비를 마련해 주며 부부가 같이 어디 패키지여행이라도 다녀오라 할 줄 알았는데 엉뚱한 제안을 하는 것이었다. 현지에서 차를 빌려 같이 타고 다니며 머무르고 싶은 데 머무르고 가다가 맛있어 보이면 들어가서 사 먹고 그렇게 자유롭게 다니는 자유여행을 해보자는 것. 1년 휴가를 몰아서 한꺼번에 쓰면 공휴일 끼워서 일주일이나 열흘 정도는 가능하다며 같이 가보고 싶은 곳을 찾아보라고 했다.

노인네들과 같이 가면 불편하고 힘들 텐데 그 마음이 고마웠다. 그렇게 과감하게 나서는 모습이 가상하기도 했다. 우리 부부는 다소 들뜬 마음으로 세계 지도를 펴놓고 갑론을박 티격

태격 한 끝에 캐나다 쪽 로키산맥으로 가기로 했다.

밤도 낮도 없는 긴 비행기에서의 시간을 보내고 우리는 로키산맥 자락 어느 공항에 내렸다. 그때부터 우리 부부는 입을 꾹 닫았고 자유여행이 은근히 걱정되기 시작했다. 인터넷으로 예약했다며 지정된 곳으로 가서 차를 인수하여 거기서부터 산도 설고 물도 선 곳을 다녀야 하는데 우리로서는 도무지 엄두가 나지 않았다. 그리고는 '애들이 잘 해낼까' 은근히 걱정이 되기도 했다. 이런저런 절차를 밟고 짐을 찾아 공항을 빠져나가는 건 그럭저럭 한다 치더라도 공항 앞 도로에 서니 다른 인종 낯선 풍경이 펼쳐지는데, 마치 깊은 밀림 속이나 망망대해 앞에 외로이 선 기분이었다.

그런데 딸 부부는 달랐다. 두려움이나 어색함이 없었다. 스마트폰으로 예약 사항을 확인하고는 주저 없이 어느 지점으로 향하는 것이었다. 가다가 몇 번 갸우뚱하더니 길 가는 외국인을 붙들고 길을 묻는데 말솜씨가 제법이었다. 우리 보기에는 아주 자연스러웠다.

차를 인수 받으며 까다로운 계약 사항을 확인하거나 지정된 서류에 서명을 할 때도 우리는 깜깜한 밤이었고 딸네는 환한 낮이었다. 서른 중반에 결혼도 했지만 우리에게는 언제나 어리고 염려스러운 대상이었는데 그 처지가 역전이 되는 순간이었다. 부끄럽고 놀라우면서도 한편으론 그렇게 기분이 좋을 수가 없었다.

언제 이렇게 알아서 잘 자랐을까? 두근거리는 마음으로 우리는 로키 자유여행을 시작했다. 딸네의 여행 실력과 마음 씀

씀이로 우리 부부는 정말 새로운 멋진 여행 경험을 했다. 신나고 즐거웠다. 왜 그랬는지 당시엔 고마운 티도 잘 내지 않았지만 두고두고 생각할수록 고맙고 고마울 따름이다.

그래서 나는 일흔에 또 산을 보았다.

로키는 아직도 억센 바위가 젊고 날카로워 키 작은 풀들조차 허락하지 않았는데, 골짜기는 깊고 푸르러 커다란 에메랄드 호수 하나씩을 품고 있었다. 그 물로 주변에 나무를 키워 산을 닮은 침엽수들이 높이 자라고 있었다. 산머리 곳곳엔 눈이 녹지 않아 만년 눈얼음이 빛났다. 그 크고 우람한 산맥 속에서 내가 본 건 산과 나무와 바위와 호수, 늙고 오래된 것들과 젊고 싱싱한 것들의 자연스러운 어울림이었다. 그 어울림이 주는 아름다움이었다.

우리 부부는 세계 곳곳에서 몰려온 많은 사람들과 어울려 팔을 활짝 벌리며 사진도 찍었다. 칠순 기념 자유여행의 기쁨을 나는 만끽했다.

남은 날들

나도 이제는 음식이 나오면
맛있는 것부터 먹으리라
좋은 것 아끼고 남겨서
쌓아두거나 감춰둘 생각 접으리라
내일을 위하여 힘들게 준비하는
그래서 오늘은 늘 허기진 삶을
이제는 청산하리라
그러면서 희망하리라
5년쯤 남았다 생각하고
전태일처럼 살리라
3년이면 예수같이 생각해도 좋지
평생을 마지막 1년으로
가족과 이웃 친구들을 넉넉히 사랑하며
남길 것도 없이 모두 주고
그렇게 간 사람도 있지
그들은 죽은 뒤 영웅이 된
그런 삶이 아니라
죽음까지도 받아들이며 내일 생각하지 않고
하루하루 최선을 다해
기쁘고 뜨겁게 사는 생활

잠들 때 알맞게 피곤하고
깨어나지 못해도 염려 없고
깨어날 때 가뿐하고 신비롭고 고마운
그렇게 또 하루를 기꺼이 시작하는
그런 하루하루를 살고 싶다

나를 위해 살기

찢어질 듯 마음이 아프더라도 이미 지난 일이라면 그냥 아무 일도 없었던 것처럼 조용히 지나가자. 들추어서 바로잡고 설명하고 해명하고 변명하고 주장하고 설득하고 그래서 결국은 더 허탈하거나 마음 짓뭉개지게 하지 말고 그냥 내버려두자. 소리 없이 내를 건너온 바람처럼, 먹구름 뒤에서도 빛나는 햇살처럼, 바위 비탈 홀로 핀 산나리처럼 그렇게 자유롭게 시간은 가고 또 흐르나니.

과일도 바람과 햇살 속에서 고독한 날을 홀로 보내야 빛깔이 변하고 속이 단단해지듯. 모든 여름은 그렇게 새로운 씨알이 되는데, 그제 지나간 바람 어제 빛나던 햇살 그걸 되씹는 일이 내 속을 멍들게 하고 비로소 썩게 하는 것. 아무 쓸모가 없다면 지나간 것은 이미 지났으므로 그냥 지나간 시간에 맡겨버리자. 지금 바로 이 순간의 바람과 햇살에 몸을 맡기고 무엇에도 걸리거나 막히지 않는 그런 자유가 되어 모든 사랑의 벗이 되어 빛나는 해방으로 그렇게 살면 얼마나 좋을까? 이런 생각이 노을처럼 퍼져나가는 요즈음 저녁 무렵이 나는 좋다.

나이 탓인가? 나도 욕심이 생긴다. 정말 이젠 나를 위해 살아야겠다.

많이 늦었지만 지금부터라도 겸손하게 자세를 낮추고 표정은 온화하게 말은 부드럽게 어디서든 먼저 나서지 않고 뒤에서 거드름 피우지 말고 있는 듯 없는 듯 그렇게 공기처럼 물처럼 존재 그 자체로 쓸모 있는 그런 인간으로 살아야겠다. 핑계 대거나 원망하며 남 탓 하는 일 이젠 정말 버려야겠다. 상대가 뭐라고 하든 토 달거나 의심하지 말아야겠다. 긍정하며 받아들이고 그렇게 할 수밖에 없는 그 행동을 이해하고 모든 것이 자기 자신을 위한 나름의 순수한 동기에 의한 것이었음을 인정해야겠다.

알면서도 고의로 남을 곤경에 빠뜨리는, 그런 억울하고 힘든 일을 당하더라도 그 행위를 탓하지 말고 그 사람도 자기 아이를 지극히 사랑하는 바탕마음이 있음을 믿어야겠다. 그래서 그냥 조용히 측은히 여기며 마음 상하지 않게 몰래 그 사람 위해 간곡히 기도하면 될 일이다.

이렇게 사는 것이 가장 나를 위하는 이기적 삶임을 이제야 겨우 알게 된다.

껍데기를 태우며

─────────────

　고등학교를 졸업한 지 30년. 그 30년을 기념한다며 핑계를 만들어 오랜만에 그때의 학생들이 다시 모였다. 그 당시의 담임 교사라고 나도 불려 나갔다.

　이런저런 추억을 나누며 불콰해지자 피부과 의사가 됐다는 제자가 내 얼굴과 손등을 유심히 살피더니 "선생님 관리를 너무 안 하셨군요. 이 거뭇거뭇한 점들은 다 언제 생긴 것들이어요?" 묻는다. 그러자 옆에 있던 놈이 아는 척 핏대를 세운다.

　"야 이 답답한 놈아! 넌 선생님이 어떻게 살아오신지 몰라서 그러냐? 평생을 아스팔트 길 위나 광장에서 집회하고 시위하고 농성하시느라 그렇지."

　그러자 의사 선생이 다 알겠다는 듯 의례적으로 머리를 끄덕이며 "이런 점들 오래 두면 악성이 돼 아주 안 좋아요. 피부암이 되기도 하거든요. 저한테 한번 오세요. 말끔히 지워드릴게요" 한다. 나는 그냥 인사려니 하고 말이라도 고맙다고 하고 잊어버렸다. 오랜만에 만난 은사와 술도 한잔 한데다 친구들이

223

부러운 듯 쳐다보는데 무슨 말인들 못할까 싶었다.

그런데 얼마 뒤 다른 놈들에게 끌려가다시피 그 의사 제자에게 갔다. 그때 일을 잊지 않고 친구들에게 모시고 오라고 부탁한 모양이었다.

운동적 삶의 초라한 훈장이거나 수많은 아집, 오판, 오류, 기만, 무관심 등의 검은 점들이 그놈 손이 조작하는 레이저 광선에 의해 삽시간에 불에 타서 지워지고 있었다. 살갗이 타는 냄새까지 연기와 함께 역하게 솟아올라 지저분하게 살아온 내 삶을 증명하고 있었다. 진하고 큰 점을 태울 때는 몹시 따갑고 쓰리고 아팠다. 그래도 그것으로 내 잘못을 조금이라도 용서받고 부끄러움을 지울 수 있다면, 하며 나는 어금니를 앙다물고 두 손을 꼭 쥐었다. 든든한 제자의 판단과 실력을 믿으며 모질게 참고 또 참았다.

어떤 싸움

힘든 세상 겨우 먹고사는 제자 몇, 인사도 드릴 겸 점심을 대접하겠다며 찾아왔다.

한 친구의 강력한 추천으로 초밥 전문점으로 갔다. 그래도 그중 나은 조그만 회사를 운영한다는, 아마도 그날 점심 값도 내기로 내약이 된 친구는 당연하다는 듯이 차림표 중 가장 비싼 2만7천 원짜리 참치뱃살로 만들었다는 도로초밥을 주문했다. 아무리 귀하고 입에서 살살 녹으며 맛이 좋아도 그렇지 점심 한 끼에 2만7천 원은 내 기준으로는 몇 번을 셈해 봐도 너무 비쌌다. 그냥 1만 원짜리 보통 초밥으로 나는 충분하다 해도 "오랜만에 선생님 모시는데 그럴 수 없다"며 "이럴 때라도 기름기가 적당히 포함된 참치뱃살의 그 오묘하고 진정한 맛을 봐야 하지 않겠느냐"며 막무가내로 주장을 굽히지 않았다.

나도 질 수 없었다. 나는 입이 거칠고 무디어서 값의 차이에 따른 그 오묘한 맛의 차이를 모를 뿐만 아니라 내가 나가고 있는 전태일재단 사무실이 있는 창신동 골목은 아직도 아침 일찍부터 나와 일하는 봉제노동자들이 어떤 점심을 먹으면 좋을까 이 집 저 집 기웃거리며 5천 원짜리 6천 원짜리로 고민하고 있다고 말했다. 그런데 오전 내 빈둥거리기만 하던 내가 한 끼에 2만7천 원은 아무리 생각해도 용납이 안 된다고 철 덜 든 미운 일곱 살 아이처럼 앙앙거렸다.

그러니 보다 못한 옆에 있던 놈이 나서며 큰 인심이나 쓰듯 "그럼, 선생님 1만5천 원짜리 특초밥으로 하세요. 그것도 좋아요. 그리고 선생님, 고집만 피우지 마시고 양보도 좀 하셔야지요. 그러니 자꾸 꼰대 소리 듣잖아요" 하며 짐짓 나를 나무라듯 달랬다. 그러면서 저들끼리 눈을 껌벅이며 크게 봐주는 듯 주문을 하는 것이었다.

그날 나는 정말 맛있는 특초밥을 신나게 먹었다. 그래도 이참에 눈 질끈 감고 그렇게 맛있다는 도로초밥을 먹어볼 걸 그랬나. 조금 억울하다는 생각을 지울 수 없었다.

주례와 만세 삼창

인연의 질긴 끈이라고나 할까. 중학교 시절 내가 가르쳤던 까까머리의 딸 결혼식. '이 나이에 무슨' 하면서도 못 이기는 척 주례를 봤다. 결혼 예복으로 단장한 앳된 신랑, 신부가 참 고와 보였다.

예식장 바깥은 올 들어 가장 추운 날씨로 바람이 몹시 차고 매웠으나 얇은 웨딩드레스 하나로도 신부는 그렇게 화사하고 따뜻할 수가 없었다. 새 부부의 앞길을 밝히는 청홍 촛불을 양가 어머니들이 나란히 붙여주고 신부는 내 제자인 아빠의 손을 잡고 사뿐사뿐 당당하게 들어서서 미리 들어와 기다리고 있던 신랑과 팔짱을 꼈다. 그 순간 나를 쳐다보며 살포시 미소를 날리는데 너무 황홀해서 정신이 다 아득할 지경이었다.

주례 앞에 마주 선 신랑, 신부는 서로에게 머리를 숙이며 귀한 마음을 드리는 깊은 맞절로 혼인을 서약했다. 내가 성혼 선언문을 낭독했는데, 맨 마지막 주례자 이름을 또박또박 읽으면서는 나도 모르게 음성이 떨렸다.

짧게 하리라 짧게 하리라 다짐했으나, 그래도 나는 쓸데없이 늘어진 몇 마디 주례 잔소리를 늘어놓았다. 이후 축가와 부모님께 드리는 인사 차례가 끝났다. 결혼 행진을 위해 신랑 신부가 더욱 밀착해 팔짱을 끼며 하객들 앞에 설 때까지 결혼식은 물 흐르듯 잘 흘러가는 듯 보였다.

그러나 잠깐, 사회자가 뭔가 엉뚱한 얘기를 하더니 새 부부에게 새로운 삶에 대한 각오를 담은 만세 삼창을 하라는 것이었다. 어설프게 만세 삼창이 울려 퍼지고 하객은 낄낄거리고. 그 정도는 봐줄 만하다 생각하며 나는 점잔을 빼며 느긋했는데 느닷없이 주례도 축하와 당부의 만세 삼창을 하란다. 그것도 신부 아빠의 중학 시절 스승인 일흔 노인에게….

앗-차. 이런 난감한 일이 있나. 역습을 당한 나는 당황했다. 나도 모르게 도움을 요청하듯 힐끗 쳐다본 신부 아빠는 더 난감해하는 것 같았다. 분위기는 묘하게 흐르는데 순간 이럴 때는 적절히 망가지는 게 내 할 짓이구나, 그래서 이 젊은이들을 기쁘고 즐겁게 하는 것이 내 역할이구나 판단했다. 얼른 나이고 체면이고 알량한 자존심이고 그 따위 하잘 것 없는 것들 다 포기하고 나는 오늘 새 출발하는 젊은 부부와 나를 존경하는 마음으로 어렵사리 주례로 초청해준 제자를 위해 내 한평생의 교사 생활과 교육운동, 노동운동으로 단련된 목소리로 힘차게 만세 삼창을 외쳤다.

얘들아, 이 어렵고 힘든 세상 부디부디 잘 살아라. 그리고 벌써 쉰 중반이 넘은 진영아, 고맙고 고맙다.

"만세! 만세! 만세!"

만세 소리는 우렁차게 식장에 울려 퍼졌다. 순간 나도 모르게 울컥하는 무엇을 느꼈다.

늦은 코스모스 씨를 뿌리며

———————————

　노원구 아파트 밀집 지역에서 마포구 성미산 자락 다세대 주택으로 집을 옮긴 지도 2년이 넘었다. 아파트보다 생활은 조금 불편했지만 2년마다 이사를 하거나 전셋값을 올려주지 않아도 된다는 현실 앞에 우리 부부가 큰마음 먹고 결단한 일이었다.

　집은 좀 허술했지만 산자락이라 주변이 온통 초록이어서 나는 좋았다. 아내도 생필품 등이 전에 살던 곳보다 비싸다느니 모기 등 벌레가 많다느니 불평이 제법이더니, 그래도 창만 열면 푸른 바람이 시원하게 들어오고 문만 나서면 언제나 가벼운 등산도 할 수 있어 점점 정을 붙여가는 듯했다.

　거기다가 아내를 더욱 기쁘게 한 것은 집 옆 조그만 빈 땅이었다. 집 옆으로 산에서 내려오는 물이 제대로 흐르게 배수구를 만들었는데, 그 배수구와 우리 집 벽 사이에 좁고 길쭉한 아무 쓸모없는 땅 두어 평이 생긴 것이다. 우리가 처음 갔을 때는 누구도 관리를 하지 않아, 이름 모를 풀들이 지나는 사람들이 버린 쓰레기와 엉겨 지저분했다. 청소를 하던 아내가 여기에 꽃이나 채소를 심으면 어떻겠냐고 해서 참 좋겠다고 했더니, 그 다음 해 봄에 공사 폐자재와 돌 등이 엉겨서 척박한 땅을, 산 흙을 가져다 메우고 나뭇잎 썩은 거름도 가져다 넣고 해서 몇 고랑 보자기만 한 밭으로 만들었다.

꽃씨도 뿌리고 상추나 열무 씨도 뿌리고 고추, 가지, 토마토, 들깨 모종도 몇 포기 심었다. 아침저녁으로 물도 주니 제법 파릇파릇 자라는 것이었다. 도회지에서 자라고 생활해서 식물 재배나 농사일을 모르는 아내가 신기해하며 즐기는 것이 나로서는 은근히 좋았다. 지저분하던 공터도 깔끔하고 보기 좋았다. 주변에서 자생하는 머위나 돌나물 민들레 등이 어울리니 제법 그럴듯했다. 웃자라 넘어질 것 같은 모종들을 아내는 막대기로 정성껏 세워주었다. 그렇게 해놓고 보니 제법 밭 같았다. 그게 문제였던가 보다.

어느 아침 물 주러 나가 보니, 구청에서 '경작금지 안내'라는 경고 팻말을 하나 세워놓았다.

'재해 예방을 위하여 사방 사업을 시행한 곳으로 산지관리법에 따라 무단 경작은 불법 행위임을 알려드립니다. 무단 경작 행위 시 관련 법률에 의거 고발 등 행정조치할 계획이오니, 경작물을 ○○일까지 제거하여주시기 바랍니다. 서울특별시 마포구청장.'

우리는 "참 법이 대단하군. 꽃이든 푸성귀든 심는 게 여러 모로 훨씬 좋은데, 불법 행위라니 어쩔 수 없지"하며 옮길 수 있는 고추나 가지 등은 큰 화분에 심어 현관 앞으로 옮겼다. 그러나 웃자라버린 토마토나 뾰족뾰족 올라온 상추나 돌나물, 머위 등은 할 수 없이 그냥 두면서, 구청에서 연락 오면 잘 얘기해보리라 생각했다. 그런데 며칠 뒤 다시 보니, 그 작은 빈터를 모두 파헤치고 아주 쑥밭으로 만들어놓았다. 이른바 경고했던 행정 조치를 한 것이었다.

우리 부부는 너무도 비현실적인 법 집행 앞에 망연자실했다. 이런 일방적 조치가 그 법의 입법 취지에 얼마나 충실했는지, 이런 법 집행이 법익에 얼마나 기여했는지 되물어보고 싶었다. 그리고 그 법의 집행 과정에서 발생할 돌이킬 수 없는 부작용과 손해는 전혀 고려의 대상이 아닌지 안타깝기만 했다. 뽑혀서 짓밟혀버린 불긋불긋 익어가던 세 포기 토마토는 잘못된 사형 집행에 스러진 사형수처럼 다시 살릴 길이 없었다. 그래도 우리는 시뻘겋게 드러난 흙에 다시 고랑을 내고 누가 또 쓰레기를 버리기 전에 늦은 코스모스 씨라도 뿌리기로 했다.

나의 계절

내 나이를 계절로 치면 늦가을일까?

아침 출근길에 발에 밟히는 가을을 만났다. 가을은 이렇게 언제나 낮은 곳에서 바래고 찢기고 내동댕이쳐져 있다. 높고 환한 하늘을 버리고 스스로 떨어져 내려와 밟혀서 가루가 되고 무참히 썩는 아픔까지 달게 여기는 것은 모진 겨울을 준비하며 말없이 뚜벅뚜벅 가야 할 제 길이기에 그냥 그렇게 묵묵히 가는가 보다.

빛나고 화려했던 여름날의 추억이나 흰 눈 너머 고운 꽃 피는 그 화사한 꿈이 어찌 없겠는가? 그러나 지금은 그냥 조용히 썩어 새로운 흙이 되어야 하는 계절 쓸쓸한 늦가을, 늦가을의 심정으로 생각해본다.

미워하지 말라는 말은 분노하지 말라는 말과는 다르다. 미워하는 대상은 사람이요, 그래서 사적이다. 내가 누굴 미워한다는 것은 그 누군가가 내 눈앞에서 사라져주기를 원하는 마음의 표현이다. 그 사람이 이 세상에서 없어지기를 바라는 속내이다. 살인의 의지와 의도가 묻어 있다.

그러나 분노의 대상은 어떤 일이요, 상황이어서 대체로 공적이다. 분노에 관련된 인간은 불쌍함이나 안타까움의 대상일지는 모르나 미움의 대상이 돼서는 안 된다. 아무리 오판과 잘못된 의도가 있었다 하더라도 그냥 측은하여 불쌍히 여길 대상일 뿐이다.

미워하면 욕을 하게 되는데 욕은 언어로 벼려진 칼이다. 살인 도구나 다름없다. 오히려 화를 내는 것은 나의 부족과 미숙을 드러내는 것이어서 나 스스로 절제하고 용서함으로 구제받을 수 있다. 그래서 어떤 행위에 분노하여 화를 낼지언정 누구도 미워하며 욕을 해서는 안 된다.

아, 일흔 가을이 깊어가고 있다. 떨어지는 나뭇잎처럼 죽음을 자초하는 일이 어디 이 뿐이겠는가만 어떤 경우에라도 남을 미워하고 욕하는 것은 독배는 내가 마시며 상대가 죽기를 바라는 행태이다. 나는 오늘도 사소한 일로 독배를 몇 잔이나 마셨다. 평생을 그렇게 살며 나는 죽어가고 있다.

가을 어느 날 해거름 단풍나무 붉은 그늘에서 이제 곧 떨어져 묻힐 단풍잎을 바라본다. 부디 나도 떨어지면서 지저분하지 않은 한 잎 단풍잎이었으면 좋겠다. 누군가가 살짝 주위 따사한 마음 갈피에 끼워준다면 그보다 더 큰 축복이 어디 있을까?

다시 겨울을 기다리며

하늘이 어두워지며 하루가 가고 있어요
이맘때면 낚시꾼의 마음도 해거름 물살처럼
흔들리기 시작하죠
물살이 흔들리는 건 바람이 일렁거리기 때문이라고
저쪽으로 파르르 날아가는 작은 새가
소리치지만 아차 일렁이는 건
바람뿐이 아니어서 광화문 거리도 종로도
한때는 플라타너스 가로수처럼 흔들렸는데
어느 사이 곱게 물들기도 전에
우수수 가랑잎 되어
생각 없이 짓밟히고 있어요
가루가 되고 다시 먼지가 되고 있어요
그리고 다시 바람이 되면 아
모든 게 사라지는 게 아니냐고
당신은 울면서 소리치지만
그래서 나는 당신을 잊지 못하고
당신을 더 그리워하며
당신을 아프게 기다리는 것처럼
우리에게는 이제 불어올 칼바람 같은
그리움이 살아나

꺼지지 않을 촛불 마음으로 나는
나의 겨울을 기다립니다

충분히 잘 살았다

올해도 며칠 남지 않았다. 어쩔 수 없이 또 한 해를 돌아본다. 대부분이 그렇듯 나도 몹시 바쁘게 한 해를 보냈다. 누구는 그 나이에 그렇게 바쁜 것도 복이라고 하지만, 일면 수긍이 가면서도 한편으론 안타까운 마음을 금할 수가 없다.

되돌아보면 일상적 바쁨은 스스로 만드는 경우가 많다. 특히 SNS를 대하는 태도는 더욱 그렇다. 내 경우 카카오톡과 텔레그램에 꾸린 단체방만 30여 개나 되니, 보내오는 사연만 하더라도 매일 수백 건이 넘는다. 그걸 대충 살펴보는 것만으로도 상당한 시간이 필요한데, 때로는 의견을 올려야 하는 것도 있어 여간 바쁘지 않다.

페이스북도 그렇다. 가입하여 활동한 지도 오래 됐지만 2012년 교육감 출마 때 친구를 늘리는 바람에 한도인 5천 명을 넘나들고 있다. 한번 들어가면 빠져나오기 힘든 때가 많다. 어떤 경우는 '좋아요' 뿐만 아니라 댓글을 남기지 않을 수 없어 시간이 많이 필요하다. 또 가끔은 나도 글을 올리는데, 거기 달리는 댓글에 대해서도 일일이 답을 하다보니 이 또한 만만치 않다. 이런 나를 보고 한심하다는 듯이 혀를 차는 사람도 있다. 무시할 것은 무시하고 적절히 관리해야지 그걸 일일이 다 대응하면 어쩌냐고 한다. 그런데 어찌 그렇게 하나? 모처럼 관심을 가져주는데 나 또한 그에 맞게 응대하는 게 당연한 일이 아닐까?

내가 교사 출신이어서 더 그런가 보다. 교사는 상대하는 모든 사람을 교실에서 만난 학생처럼 여기는 경우가 많다. 한 학생도 차별해서는 안 된다는, 모든 학생을 골고루 사랑해야 한다는 과도한 생각을 자기도 모르게 가지고 있다. 특히 담임을 맡은 학생들에게는 무한책임의 절대적 관계를 유지해야 한다고 생각한다.

학교에 근무할 때는 더욱 그랬다. 내가 맡은 반 학생들에게는 특별히 무엇인가를 해주고 싶어 생일을 파악하고 기억했다 책을 한 권씩 선물하곤 했다. 생일을 맞은 학생을 떠올리며 어울리는 책을 고르고 속지에 그 학생의 처지에 어울리는 글귀를 써서 종례 시간에 학생들과 함께 축하하며 전달했는데, 책 선물을 받은 학생이 좋아하는 모습이 지금도 눈에 훤하다.

정년퇴직할 나이도 훨씬 지나버린 요즘. 그래도 나는 교사로서의 자신을 반성하며, 또 교사 시절을 그리워하며 나도 모르게 그때 그 시절로 돌아가곤 한다. 아직도 인연을 이어가고 있는 제자들에게 뭔가를 주고 싶은 마음. 그래서 환경운동가이며 시인인 양재성 목사님이 어느 단톡방에 올리는 시를 전달해준다. 제동중학교, 신일 중·고등학교, 10년 해직 뒤 복직했던 선린인터넷고등학교와 야학 등에서 내가 가르쳤던 학생들. 거

기다 이런저런 인연으로 만난 시를 좋아하는 사람들이 대상
이다.

처음에는 10여 명으로 시작했는데, 보내주고 싶은 사람이
또 생기고 소문을 들은 제자가 보내달라는 요청도 있어 차츰
숫자가 늘었다. 지금은 어느덧 30명이나 된다. 상대가 댓글을
달거나 나도 할 말이 있어 짧은 언급이라도 하다보면 그것도
보통일이 아니어서 30명 이상 더 늘릴 수는 없었다. 학급당 학
생 수는 학교 교육의 질을 좌우한다는 만고의 진리는 여기서도
예외일 수가 없는가 보다.

지난 1년간 매일 시를 복사해 출석을 부르듯 한 사람 한 사
람 이름을 불러보며 보내는 일도 쉬운 일은 아니었으나 참 행
복했다. 내가 운영하는 우리 시 학급도 1년을 무사히 마치는 것
같다. 매일 받아 읽어주어서 모두 모두 고마울 따름이다.

며칠 전에 전달한 김규동 시인의 「송년」이란 시에는 이런
구절이 있다.

"기러기 떼는 무사히 도착했는지/ 아직 가고 있는지/ 아무
도 없는 깊은 밤하늘을/ 형제들은 아직도 걷고 있는지/ 가고 있
는지/ 별빛은 흘러 강이 되고 눈물이 되는데/ 날개는 밤을 견딜
만한지".

한 해의 순례를 돌아보고 고마웠던 손길을 기억해본다. 참
많은 손길이 함께했다. 또한 많은 이들이 안부를 물어주었다.
그래서 행복했다. 그러고 보니 내 삶의 일부는 그 손길 덕이었
다. 고마운 마음을 전한다. 기꺼이 손을 내민 당신, 충분히 잘
살았다.

오늘이 바로 그날

어언 고래희가 돼버렸다. 하루 가고, 한 달 쌓이고, 봄 · 여름 · 가을 · 겨울 여러 계절이 겹치고 겹쳐 그리 됐을 텐데, 문득 돌아보니 어느 날 갑자기인 듯 나는 노인이었다. 당혹스럽고 혼란스럽고 안타까웠다.

그래서 돌아보기로 했다. 받아들이고 인정하며 다시 추스르기로 했다. 새로운 다짐으로 나를 더욱 긴장시키고 단련시켜서 다시 칼날 위에 세우고 싶었다. 내가 살아온 지난 세월, 내가 받았던 사랑과 누렸던 영광에 내가 답하지 않고 갚지 않는다면, 나는 염치없는 놈에 비겁자일 수밖에 없다. 우리가 그렇게 바꾸려고 애썼던 우리의 삶이 아직도 질곡과 고통 속에 있음을 인정하고, 그 개선을 위해 지금도 내가 해야 할 일이 있음을 확인하는 아픈 통과의례의 노년식을 나는 진행하고 있다.

그러므로 나는 나에게 끊임없이 속삭인다. 좋은 일을 하다가 낙심하지 말 것. 부디 지쳐서 넘어지지 않을 것. 반드시 그날은 오리니, 부지런히 살고 최선을 다하고 있느냐? 오늘이 바로

그날이다

　어느 날 갑자기 어깨가 아프고 팔을 뒤로 젖힐 수가 없어, 내가 뭘 잘못했지 후회와 반성이 먹구름처럼 몰려오는데 "제발 몸 관리 좀 해요. 운동도 좀 하고 아프면 병원도 얼른 가요" 아내의 살가운 잔소리가 두려워 아닌 척 더듬거리며 윗옷을 입다가 "악!" 하는 소리가 절로 나와 들통이 나고 말았다. 한심하다는 듯 바라보던 아내가 피식 웃으며 "당신 오십견 아냐? 주책이야. 나이가 몇인데 이제야 그걸 해!" 불쌍하다는 건지 대견하다는 건지 알 수 없는 묘한 웃음을 날리는 표정. 그렇게 미워하거나 싫어하는 눈치는 아니어서, 오랜만에 내가 뭔가 칭찬받을 일을 했나 스스로 위로하며 아픈 팔을 내린다.

　집회나 시위로 농성장으로, 삭발로 단식으로, 회의로 교육으로 강연으로, 도발이로 감옥으로…. 정말 말 그대로 눈코 뜰 사이 없어 오십견인지 육십견인지 그런 게 있는지도 모르고 정신 없이 살아온 세월들이 무슨 의미였나 되돌아보는 어느 날. 나도 이제 어쩔 수 없는 꼰대지만 꼰대질은 하지 말아야지 다짐하고 또 다짐한다. 오히려 어차피 살 꼰대의 삶을 어떻게 멋지게 살까 생각도 해본다.

　참 고마운 일이다. 또 한 해가 가고 이렇게 갑자기 창밖에 바람 불고 눈발이 흩날리는데도, 내 마음 일렁이지 않고 오히려 편안해지니. 날리는 눈송이 하나하나마다 그리운 얼굴들 떠오르고, 스쳐간 인연따라 따뜻한 사연 되살아나니. 혼자 차 한잔 마시며 신학철 선생의 누렁소처럼 지그시 눈 감고 되새김질해도 쓸쓸하지 않고, 그 눈 분분히 날려 온 세상 하얘지고, 저 하늘로 난

가뭇한 길 눈 속에 묻혀가도 외롭지 않은 것은 일혼의 축복이다.

언제나 오늘

    돌아보면 나는 늘 오늘 하루를 살았던 것 같다. 일흔 즈음 요즘도 그렇다. 내게는 오늘밖에 없다. 어제는 가버렸으니까 없고 내일은 오지 않았으니 당연히 없다. 나의 오늘은 내가 아침잠에서 깨면서 시작한다. 의식이 생기는 것이니 정신의 죽음에서 부활하는 것이다. 그때부터 새 삶이 시작된다. 그리고 저녁에 잠들 때까지 삶은 이어진다. 잠이 들면서 기억은 사라지고 내 정신세계는 죽음의 상태가 된다. 아침, 잠에서 깨어 부활할 때까지 내게서 나는 없다.

    잠에서 깨어 다시 살아나며 나는 내가 살아 있음을 확인하며 오늘 하루 내 삶을 어떻게 이어갈 것인가를 생각한다. 대체로 어제의 연속이고 이미 계획된 미래의 실현이지만 꼭 그대로는 아니다. 날씨나 외부 조건에 의해 내 계획이 바뀌기도 하고 내 마음 상태에 따라 내 태도도 바뀌고 내 삶의 궤적이 새롭게 그려진다. 특히 대하고 만나는 사람에 따라서도 달라지지만 길을 가다가 돌부리에 걸려 넘어져 다치기만 하더라도 그날 하루는 내 계획이나 의지에 상관없이 완전히 달라진다. 그때마다 누구를 원망한다거나 무엇을 탓하는 것은 정말 의미 없는 일이다. 그냥 받아들이고 그 자리에서 또 새롭게 출발하는 것이 지혜로운 일이다.

나는 '그럼에도 불구하고'란 말을 좋아한다. 어떤 일을 당하든 어떤 경우든 그것을 가장 나에게 좋고 유리하도록 받아들이고 해석하고자 한다. 그래야 새로 출발할 의지와 힘이 생기기 때문이다. 부정적 현상을 긍정적 힘으로 바꿔내는 것은 원망하거나 탓하지 않는 것이다. 그러면서 오히려 그것을 불쏘시개나 연료로 삼아 새로운 불을 지펴야 한다. '그럼에도 불구하고'는 언제나 나의 새로운 출발선이다.

한 걸음 더 나가면 '되 돌이킬 수 없는'이 된다. 한자어로는 '불가역적(不可逆的)'이라 쓰는데 지난 박근혜정부 때 일본과 종군위안부 합의를 하면서 쓴 말이어서 부정적 이미지가 강하다. 또 북한과 미국이 북한 핵문제를 합의하면서 이 말을 정치적으로 사용한 바도 있다. 그럼에도 불구하고 이 말을 한반도의 평화 체제 구축을 얘기하며 비무장지대 내 감시초소를 서로 폭파해버린다거나 남북한의 철도를 잇는 등 평화 체제를 되 돌이킬 수 없는 현실로 만들어버리자는 말로 사용함으로 긍정을 극대화시키고 있다.

나는 평등이든 평화든 정의든 이런 일들에 대해서는 되 돌이킬 수 없도록 구체적 실천을 한다거나 제도화하는 것이 바람직하다고 본다. 나쁜 일을 하지 않으려고 애쓰는 것보다 좋은 일이나 좋은 약속을 많이 해서 되 돌이킬 수 없도록 만드는 것이 더 쉬운 일이 아닐까.

아침에 잠에서 깨어 다시 살아난 사실을 확인하며 나에게 주어진 하루를 무얼 하며 어떻게 보낼까 생각해본다. 우선 이 나이가 되도록 살아온 나날들에 부족함과 잘못도 많았지만 고마울 따름이다. 이만큼 건강한 몸과 정신을 유지할 수 있는 것도 한없는 복이다. 가족을 비롯하여 이런저런 인연으로 나와 함께하는 또 내가 만나는 모든 분들이 귀하고 귀하다.

오늘 하루 살아가며 내가 즐겁고 상대를 기쁘게 할 것이 무엇인지, 함께 모으고 나누면 좋을 것이 무엇인지 생각해본다. 구체적으로 할 일과 만날 사람을 떠올려보고 가장 편안하고 부드러운 방법과 관계를 가늠해본다. 그리고 오늘 하루를 축복한다.

"내 인생의 오늘, 오, 멋진 날이여!"

하루를 더 살기로 했다

2019년 4월 16일 1판 1쇄 펴냄
2024년 1월 3일 1판 3쇄 펴냄

지은이   이수호
펴낸이   김성규
책임편집   박다람쥐
디자인   진다솜
펴낸곳   걷는사람
주소   경기도 용인시 기흥구 동백중앙로 358-6, 7층 (본사)
              서울 마포구 월드컵로16길 51 서교자이빌 304호 (지사)
전화   031 281 2602 / 02 323 2602
팩스   02 323 2603
등록   2016년 11월 18일 제25100-2016-000083호
              ISBN 979-11-89128-33-3 04800
              ISBN 979-11-89128-13-5 (세트) 04800

이 책 내용의 일부는 지은이가 주간경향, 매일노동뉴스,
그리고 페이스북에 게재한 것입니다.